Chloé Delaume

Les mouflettes
d'Atropos

Gallimard

© *farrago, Tours, 2000.*

Le bouchon sauta. Sec. Trajectoire brève. Calculer mentalement le poids de l'impact. Putain. Calculer. Dans cinq minutes je ramasse les copies. Putain. Calculer. Non mais moi je veux bien mais j'ai pas la formule. La formule. Putain. La formule. Calculer. Poids par distance par vitesse au carré. Impossible. Rappelle-toi. Distance divisée par vitesse au cube fois poids. Pas assez. Encore. Essaie. Encore. Lorsqu'un corps en mouvement rencontre un corps immobile on dit : il y a collision. La formule. Un corps parfaitement élastique opposerait à une force de compression donnée une force élastique égale en valeur absolue de sens contraire. D'accord mais. La formule. Si nous appelons C la force de compression et E la force élastique, l'élasticité est exprimée par la relation $C = E$ ou $E/C = 1$; la valeur du rapport est de 15/16 pour le verre, 8/9 pour l'ivoire, 5/9 pour l'acier. Combien pour le ressentiment. Je sais pas c'était pas marqué.

Ça ne se calcule pas le ressentiment. Non. Réfléchis. Putain. Réfléchis. Je cherche mais ça n'existe pas. Ça intervient bien quelque part. Sur la masse le poids le volume. Le ressentiment. J'en suis sûre. C'est tellement élastique, le ressentiment. Non. Débrouille-toi toute seule. Après tout c'était pas mon idée.

Pourtant. Je voudrais savoir. Je VEUX. C'est important. Capital. Calculer le poids de l'impact. Putain. Excusez-moi d'intervenir mais il me semble que vous vous égarez un tantinet. Ce n'est pas ça qui vous nous intéresse le plus au fond. C'est la puissance. L'intensité. La mordorure. La qualité de la douleur au MOMENT du choc.

La souffrance qui jaillit. Net. Qui se diffuse. Qui s'infiltre le long des nervures qui se dandine sur les synapses qui tient les cellules en colloque qui au creux de chaque artère trotte quand le bouchon avorte sa course en percutant comme par erreur LE COL DE L'UTÉRUS.

Au début. Je ne voulais pensais pas en arriver là. Sérieusement. Si c'est vrai. Et puis il elle sont allés trop loin. Passé dépassé le ruisseau le buisson la forêt magique la grotte du dragon bleu la montagne orange goût citron la maison berlingots de Baba la sorcière très gentille la clôture du jardin de Perlimpinpin et puis et puis voilà c'est pas ma faute à moi il a il a il a été méchant alors le lapin blanc a couru vers Alice je suis en retard qu'il a dit terriblement en retard NOUS N'IRONS PLUS AU BOIS LES LAURIERS SONT COUPÉS.

Non. Moi non plus. C'est sûr en fait. Je n'imaginais pas ça comme ça. Mais aux grands maux LES GRANDS MOYENS. Et ça au moins ça se calcule. Moi je ne l'ai jamais supporté. Oui mais tu étais la seule. Donc une minorité. Je savais qu'il fallait se méfier. Tu étais la seule et c'est LA RÈGLE. Il fallait me laisser mon veto. De quel droit. Pour qui elle se prend celle-là à présent c'est toi enfin c'est toi c'est toi oui oui c'est toi la plus parano. C'est moi tout court. TOUT COURT. J'ai dit. Chacune son rôle. Et retourne à ta place. C'est un peu facile tu crois pas toujours à rejeter la À TA PLACE J'AI DIT.

Il a il a il a dit il y a plusieurs amours possibles. Il a dit des différentes sphères satellitaires des diffusions éparses complexes et ramifiées. Aussi. Mais moi je n'y crois pas. Mais alors pas du tout. Moi non plus au cas où ça intéresse quelqu'un. Il croit qu'il va noyer le poisson. La baleine. Avec ses théories foireuses. Il nous prend pour des courges. Je vous l'avais bien DIT. Alors voilà. C'est comme ça. Il a il a il a il a il a il a il À TA PLACE. Maintenant on y est. Mais j'aimerais tant savoir. Calculer. Putain. Calculer.

Épiderme vendetta réfractaire. Effilochés brocarts et jambonneaux. La pulpe palpite. Parfois la lame dérape sur l'enduit du prurit. Sirop topaze minaudant puritain. Je veux la mettre à nu. Le cuir fait résistance. Je t'avais dit de l'ébouillanter *avant*. Ça facilite toujours. Le tissu conjonctif tente de me contrarier. Mais elle ne peut plus rien. Ligotée à l'étal elle gémit pour la pause. Garrottant la décence qui lui fit tant défaut. Elle sait que c'est trop tard. Que je fouillerai en elle pour y trouver. Jusqu'à y trouver. Le motif est tapi quelque part j'en suis sûre. Derrière un intestin ou au détour d'une valve. Aujourd'hui c'est aujourd'hui qu'enfin son corps m'appartient à trop vouloir par lui s'être fait posséder.

Alors j'arrache. Je le remplis bon train le saladier cristallisation déplacée. J'y entasse résidus sa peau de sycophante. Je percerai scalpel ou couteau japonais le secret giclera le pourquoi s'évidera juteux mousseux viride ET CETTE FOIS JE SAURAI. Le cœur a ses raisons cachées au ventricule. Alors j'arrache. Je dépiaute à l'oignon d'où venait le désir. Oh le mignon petit monticule de chairs couperosées LA BELLE QUE VOILÀ IRA LES RAMASSER.

Lui défoncer la chatte à coups de veuve-clicquot. Grand luxe à l'ouverture des tchin-tchin mon amour lèche moins fort y a le petit qui dort et la concierge dans l'escalier. Sabrons le sabotage des torsions stochastiques. La coupe a débordé trinquons à la fissure.

C'est étonnant l'effet du liquide liquoreux doré pétillant sur de la viande à vif. J'aurais pas cru, tu vois. On aurait dû sortir le Kodak ou le Caméscope ou tout simplement prendre des notes. Pour les archives c'est ça pour les archives. Puisque la langue pâteuse s'entorse de mots morts. Adjectifs nécrophiles substantifs décatis. On dit : au commencement était le Verbe. Oui mais lequel et puis au fait le commencement ça fait combien. La Papesse syntaxique s'étale en retourné. Le bateleur taraude suspension substantif et depuis si longtemps qu'on ne peut le mâter. Alors. Disons. Archiver putain archiver. Par-delà l'innommable allons sécuriser. Enfin on pouvait pas prévoir. C'est les bulles tu crois ou les douze degrés qui donnent cet aspect grignotant. Ça doit sûrement se calculer.

Il m'a ri en janvier ta jalousie m'épuise. Volontarisme suspect possession annihilante. Il en parle si souvent comme fortuite métastase qu'il faudrait disséquer puis passer sous chimio. Othello bas couture des plumes dans la trachée. Il ne peut pas comprendre. Ce n'est pas de sa faute. Au règne des Cléopâtre sentiment suranné. Il n'est pas de bon ton l'aiguillon qui fibrûle la raison et l'aorte. Aujourd'hui fabulettes ça pérore au comptoir liberté hédonisme pendant que le Prozac saupoudre les catherinettes et Kleenex au tiroir. Le lénifiant glissement libertin libéral Obligation suant OPA adultère sur les parts de marché. On fascisme : le Plaisir. Sainte Jouissance imposée. Et au fond des boudoirs crie encore un effort mes jolies citoyennes. La sodo au bureau la lècherie du chéri la partouze parisienne. Le plaisir, mignonnes, le plaisir. Devoir de forniqueries Travail-Famille-Patrie-Maréchal, parce que je le vaux bien. Aux Mélusine modernes les extra-patronats et aux Casanova de voter Balladur. Alors ça va de soi. Il ne peut pas comprendre. Je lui hurle février ma jalousie rhizome plus qu'une irritation c'est un spasme intérieur. Constitutif sûrement. Intégré au profil. L'homéopathe a dit : vous êtes une fluorique. Mes coudes à angles droits vilain nœud à la gorge et toujours avoir froid et aussi cette clameur qui s'éveille brusquement s'irradie bourdonnement dès qu'il en touche une autre. En fait je n'y peux rien. Pourquoi dire : maladif. Pourquoi vouloir soigner. Répéter poujadiste en boucle tu dois changer. Les crabes au tribunal reprochent mais contrôle-toi comme on grognerait suffit interdit d'infarctus à un pauvre cardiaque. C'est un peu ridicule. Il ne peut pas comprendre. Refuser le partage : déserter l'expérience alors que braille luxure alizés air du temps. Luxure on dit : luxure. En voilà une saleté petite catho réac qui griffouille le sérail de la hype consensus. À l'infidélité qui voudrait se soustraire commet donc lourde faute qu'on ne peut repêcher. Et pendant ma noyade il ricane sur la berge je suis dans mon bon droit ma morale est d'acier. Ce n'est pas très facile d'expliquer en apnée la souffrance et le reste. D'ailleurs personne m'écoute. Jamais. On ne prête pas l'oreille aux douleurs obsolètes. On l'acouphène au chant martial de l'échangisme en espérant qu'un jour elle ait le sens du rythme ça peut toujours servir en cas de triolisme. Passe-moi plutôt l'éponge tu vas nous bousiller le lino.

Alors ma chère madame. Ça fait quel genre de sensation d'être *vraiment* écorchée vive. Depuis le temps que vous vous en targuiez. En peau-finiez niaisement l'image. L'attendrissiez sur votre couenne. Mercurochrome et fleurs du mal chrysanthèmes ocre et Bétadine en pleurni-chant toute la journée. C'est foncièrement pas la même chose. Je crois. Enfin. Il me semble. Que vos ergotages stylistiques. Car voyez-vous c'est bien gentil de faire son intéressante sa maligne son adolescente sublimée sa désespérée rimbal-dienne parce que ça vous gratouille vous cha-touille hop on gribouille lui file la chtouille et pousse des cornes à ma gidouille. Faudrait voir à pas mélanger.

Alors comme ça elle a un petit problème der-mique la madame. Un petit problème de filtrage. Elle perçoit tout à vif qu'elle dit. Elle somatise un rien aussi. Mais on va lui arranger ça. Qu'à cela ne tienne. Toujours prête à rendre service moi. C'est trop simplet de jouer aux grandes brûlées quand on ne sait pas de quoi on parle. C'est d'un classique. Attirer le couillu la mouche posée gou-lue renifler le vinaigre amour j'ai un malaise je suis tellement fragile j'ai si besoin de toi j'ai des pensées étranges et j'ai peur de moi-même.

L'homme est falot. Sur lui ça marche. Ça galope sur la Traviata. Leur en faut pas beaucoup aux hommes. Au mien non plus. Quand bien même le spécimen serait doté d'un cortex supérieurement développé. Suffit de deux feuillets seulement et d'un timbre à trois francs c'est le risque zéro ça vaut l'investissement. Y crier sa fascination. Gémir je mouille sur ce que vous faites. Psalmodier au dadais vos écrits m'ont *touchée*. Ce verbe est important. Que dis-je incontournable. Il confine à l'intime à l'alcôve et au viol. *Touchée*, las, qu'est-ce à dire. Si ce n'est que déjà fut le mélange des corps. Qu'avant même de voir l'homme, la chair en fut pétrie. Que les mots s'immisçaient glissant dans l'entrecuisse que vous vous êtes empressée d'écarter galamment.

Mots couchés sur papier. Chevauchée Walkyries. La syntaxe turgescente empalée Andromaque. Le silence est d'argent et la petite cuillère parfois ailleurs que dans la bouche. Quelle que soit sa naissance. Pourvu qu'on ait l'ivresse. De tout temps l'écrivain a sauté ses lectrices. Ça lui lustre l'ego et lui vidange les couilles. Au courrier matinal la boîte déborde ainsi. De femelles luxurieuses. De provinciales en rut. De transferts en tous genres. Lettres gorgées à bloc d'un lexique éculé pourtant toujours vivace au contact du prépuce. Leurs effluves âcres et moites qui m'entravent véhéments les naseaux. Barbares amazones terres brûlées à l'assaut des végétations. *Bouleversées* on les trouve. Les tripes palpitantes et frustrées. Renversées et béates toutes s'accordent sur la *force*. Virilité grandiose. La cramouille transpercée par le fantôme queutard de celui qu'elles croient avec un aplomb vénérien *connaître depuis toujours*.

Bien sûr. Vous n'avez nullement dérogé à la règle. Trois unités. Moires parquées pieds nickelés. Braillement souricier contigu. Étalage salvation ragnagnas. La missive exposant catalogue l'universelle nomenclature des femmes avec personne dedans. Le mode d'emploi de vos névroses. L'appel à la félicité. Je la connais par cœur par cœur la ritournelle. Des étudiantes rampantes des jeunes filles bavidées des quadras désœuvrées quêtant vagin vitreux l'aventure clichaillon dans les bras du poète. Aspirantes égéries qui rôdent sous mes fenêtres et parfois me questionnent à l'angle du Monoprix en me prenant pour sa femme de ménage. Bobonne et le génie Goethe et biographie. Vous étiez très tenace. Plus trop que la moyenne. Et je ne suis pas patiente c'est mon moindre défaut. Le coup du manuscrit était un peu poussif. Tu m'inspires mon amour depuis que tu me sautes ma vie est un roman et je te la dédie. Les dents longues sans l'éthique du castor. Mais ce n'est pas que pour ça que je vous neutralise. Vous êtes trop endurante. D'habitude il se lasse dès qu'il remet son slip. Cela fait quatre mois déjà. C'est beaucoup pour un paso doble. J'aime pas la culture hispanique. Mais je sais jouer des castagnettes.

Qu'est-ce qu'elle en dit hein la dadame. Je comprends rien. C'est normal t'aurais pas dû insister autant sur les lèvres elles étaient déjà toutes gercées. C'est malin. Alors on fait comment si on veut communiquer *avec*. Une image. Elle dit c'était : une image. Et elle demande aussi : pitié. Désolée chère Madame. Je n'ai jamais eu le sens de la métaphore. Pourtant j'ai fait Lettres modernes. Mais la fac n'est plus ce qu'elle était. Tout fout le camp. Que voulez-vous. C'est la fin d'un monde. C'est bien triste. Pourquoi elle répond pas la garce. Ça te rend sourde ou quoi de te faire éplucher. T'as l'appareil auditif qui passe par l'épiderme. Tu vas répondre oui. TU VAS RÉPONDRE ON TE DIT. C'est incroyable tout de même. C'est pas permis. Quelle malpolie. TU VAS RÉPONDRE QUAND ON TE CAUSE GROGNASSE. Je crois bien qu'elle s'est évanouie. Non mais quelle chochotte celle-là. Je t'en foutrai moi des malaises. Est-ce qu'elles tombent en pâmoison, les carottes, quand on les passe à l'économe. Est-ce que je m'écroule dans les goldens, moi.

Cela dit il faut néanmoins reconnaître qu'on les quémande parfois. Les sels. Quand il prend le train pour Paris et moi pour une conne vérolée. Quand il se prend deux à trois fois par mois pour le thaumaturge de vos suintantes écrouelles aux bubons putréfiés qui éclatent en cadence tout contre son bas-ventre qu'il va à son retour frotter frotter et frotter chacun son tour contre mon cul immaculé et je sens JE SENS en moi aussi votre corps jutant de pus onctueux fétide jaillir comme une cloque mûre qui éclôt sournoisement à chaque fois que je jouis de sa queue hystériale-ment viciée par votre muqueuse pourrie qui s'imbrique en fatwa *Je suis belle Ô mortels comme un rêve de pierre* à l'acide chlo-rhydrique tout marbre est érodé. Mais enfin calme-toi le gynéco a dit que tu ne craignais RIEN. Pas le psy. Évidemment. Avec ce qu'il touche à chaque séance pas de risque qu'il nous conseille de c'est bien gentil tout ça mais je crois qu'IL EST TEMPS.

Il est temps de monter. Confectionner. Avec amour. Ça va de soi. Préparer. Mitonner. Cuisi-ner. Un petit quelque chose à Monsieur. De quoi faire un bon pot-au-feu. Ça tient au corps, hein mon chéri. C'est de la truie aux pommes de terre. C'est l'hiver, tu sais, on les brûle vite les calories. C'est quoi les morceaux croustillants ? De l'herpès sûrement. Je plaisante. Une sorte de nouvelle friture. Oui oui c'est ça. Une sorte de nouvelle friture à ma façon. Aucun plat froid n'étant digeste, ce soir on improvise. La sagesse populaire gagatise en conseillant des trucs à choper la courante. Némésis a le feu au cul et c'est tellement meilleur bouillant. Des petites boulettes de sentimentalisme qui se lovent doucement au creux moelleux de l'estomac. C'est pas mauvais, n'est-ce pas mon cœur. C'est du bon ragoût champenois. Et j'ai pris du millésimé. Ça non, on ne se refuse rien. Plus rien. Mais t'occupe, va. Mange, mon ange, MANGE. Régale-toi. Tu l'aimes tellement que tu vas en reprendre deux fois. *Je t'avais bien prévenu que vous vous en boufferiez les doigts.* Sûr, je suis un vrai cordon-bleu. Et je suis imaginative. À un point t'as même pas idée. Faut dire c'est important. Capital. Dans les vaudevilles. Le mari la femme son amant la voleuse et le cuisinier. Le mari la femme au foyer et la maîtresse dans LA MARMITE. Qu'est-ce qu'on rigole des fois j'te jure.

★

Si je ne suis pas venue ce midi, c'est qu'il avait envie de poisson. Mais tout rentre dans l'ordre. Heureusement. J'ai horreur de jeter. Ce soir j'ai prévu deux somptueuses escalopes et du civet demain. De la chèvre émissaire, avouez c'est pas courant.

Voyez-vous, avant, j'étais prostituée. Depuis j'ai passé mon Capes. Histoire d'avoir une protection sociale. J'ai eu l'enfance des orphelines. On ne peut pas dire que ce soit gai. Le bonheur non plus, remarquez. Ça dépend d'où vient le plaisir. Mais tout ça reste relatif. Moi j'en aurais des choses à dire sur l'innocence écrabouillée le manque d'amour vrillant l'ulcère l'éternel retour suicidaire la crainte irrationnelle des hommes et l'influence du CAC 40 sur le prix du kilo de navets. Mais je me tais. MOI. Voyez-vous. Je m'astreins au silence. Et c'est très compliqué. Ma logorrhée sismique je la rumine avec l'application d'une charolaise traînant sabots aux portes des vieux abattoirs. Parce qu'il faut être patiente. Et quand sonnera le glas je serai attablée. On ne vous a pas appris la ruse. Guêpières talons aiguilles sécateur enroulé d'un mouchoir de soie caché au fond du sac Kelly. À chacun son Hermès. Trismégiste ou Saint-Honoré. Ça dépend des faubourgs. Et des moyens qu'on se donne.

C'est eux qui ont créé la femme à leur image. Il ne faut pas les décevoir. Une queue est plus facilement tranchable lorsqu'elle est érectile. Il ne faut pas qu'ils se méfient. Pas de souillon remue-méninges. Sinon le protège-burnes sera déjà fixé mine de rien sous les caleçons longs. Et. Vous finirez sur les rotules. Y en a marre des génuflexions. Ça va nous faire deux millénaires. On est plein à avoir des crampes. D'autant que moi aussi *il me vient des fourmis*. Il faut aller à l'essentiel sans les huiles parfumées. Juste une fragrance d'extrême-onction et ARRÊTER DE BAVASSER. Son dépucelage par Pierre Paul Jacques ou Mohamed dans un train une cave une poubelle un soir de pluie au clair de lune il faut savoir que ça n'intéresse personne ma p'tite dame. Ça les fait même bien rigoler. Parce que ça les arrange de glousser les femmes ne sont bonnes qu'à radoter l'amour est mort mon cœur en souffre allons donc avorter à l'hôtel j'ai la thyroïde qui me démange et des problèmes de digestion prenons un dernier Lexomil.

Voyez votre erreur ma toute belle. Mais je sais que ça ne vous touche pas. Vous cabriolez caprine fatale vous réveillant soudain geignant plus de sonorité. Faudrait de temps en temps faire preuve de cohérence. On ne piétine pas mes plates-bandes sans finir dans une soupe aux choux. C'est une question de principe. D'ailleurs, même si je ne vous avais pas fait un sort je vous en aurais jeté un. La situation est telle qu'on ne peut se permettre de laisser circuler benoîtement les femmes de votre espèce. Trop conne pour faire de la chair à canon. À pâté, par contre, je ne dis pas. Mais vous allez voir, mon amie. C'est merveilleux l'amour fusionnel.

La carmagnole trémoussante de vos peaux fricassées sur la piste des intestins ENTREZ DANS LA DANSE juste après le séjour VOYEZ COMME ON

DANSE chaleureux au fond de la panse transie SAUTEZ DANSEZ d'amour avec pour point de chute l'infini indigo des chiottes tapissées au Canard W-C fraîcheur marine EMBRASSEZ QUI VOUS VOUDREZ. Putain qu'est-ce que c'est long de racler les os.

★

ESCALOPES AU CITRON VERT

Préparation : 15 min.
Marinade : 1 h minimum
Cuisson : 20 min.

Pour 3 à 4 personnes. Ça va faire beaucoup. Mais non. Vous resterez dîner volontiers, n'est-ce pas. Voyons voyons laissez-vous tenter. *Léger et parfumé* qu'ils disent. ALORS ON ARRÊTE DE CHIPOTER ET ON MANGE. Non mais. En voilà des façons. Avec tous ces petits enfants qui meurent de faim en Afrique. Ils seraient bien contents tous ces petits enfants qui meurent de faim en Afrique de manger les bonnes escalopes au citron vert que tatie Chloé elle va préparer hein. Miam miam les bonnes escalopes. Alors on ouvre sa putain de cavité buccale et on avale et on arrête de brailler de la sorte car c'est désobligeant. Dis les Codolipranes ça se prend par combien. J'ai dit on arrête de bon passe-moi l'entonnoir qu'on en finisse.

Ingrédients : — 2 grosses escalopes
            — 2 c. à soupe d'huile d'olive

Marinade : — 1 verre de jus de citron vert
            — 1 c. à café de coriandre moulue
            — 1 c. à café de cumin en poudre
            — 1/2 c. à café de curcuma
            — 1 c. à soupe de menthe hachée

C'est une recette libanaise, voyez-vous. J'aime culinairement retourner au pays. Alors je pioche houpla dans les traditions familiales. J'aurais pu verser dans le terrorisme. Mais que voulez-vous les bonnes femmes c'est fait pour rester aux fourneaux, c'est bien connu.

— Découper les escalopes en languettes de 1,5 cm.
— Préparer la marinade en mélangeant tous les ingrédients dans une jatte.
— Y placer la viande émincée.
— La laisser macérer au moins une heure au réfrigérateur dans un récipient couvert.
— Remuer de temps en temps.
— Égoutter la viande ; conserver la marinade.
— Chauffer l'huile dans une poêle.
— Faire dorer les morceaux.
— Réincorporer la viande dans le jus, hors du feu.

— Touiller.

— Repasser le mélange à la poêle.

Servir accompagné d'hoummous, dans des rouleaux de pita garnis de salade verte, dont la recette vous sera communiquée ultérieurement si vous êtes sage.

*

Il va falloir acheter un autre couteau électrique. Celui-là ne va pas tarder à lâcher. Il est troublant de constater combien une personne récemment amputée peut manquer d'appétit. Enrouler soigneusement les os dans du papier alu en vue d'un osso-buco pour dimanche (on reçoit).

*

Il a reçu une lettre de vous ce matin. *La Treizième revient,* cette fois c'est la dernière. *Et c'est toujours la Seule.* Il s'est enfermé longtemps dans son bureau. *Ou c'est le seul moment.* Il fait toujours comme ça. *Aimez qui vous aima du berceau dans la bière.* Si vous y avez joint une photo, c'est l'ère de la contemplation et la goutte hugolienne qui fait déborder le vase de nuit. Du fond des urinoirs la Pandore a parfois des chimères mises en boîte que je préfère à d'autres légendes trop séculaires. Pour s'enfermer comme ça des heures entières, il faut croire qu'il se branle dessus. *La rose qu'elle tient, c'est la Rose trémière.* Pas de doute. Si le papier reste intact, c'est juste par souci de réutilisation. Moi aussi je suis pour le recyclage. Ça fait un excellent fond de litière pour le chat.

Une fois j'avoue j'en ai bavé pas vous et je me suis laissée aller. Un instinct sainte Anne animal. Mais la camisole me va bien. Du moment qu'elle porte une grande griffe. C'est ma maison. Mon territoire. Vous comprenez. Aussi je ne pouvais pas tolérer d'y renifler vos phéromones. C'était il y a un mois. J'étais en fin de partie. C'était une catastrophe aux relents d'estragon. Et je déteste les condiments. Pour les dramaticules on peut compter sur lui. Il partait vous tringler. En fait c'est moi qui suis montée aux rideaux.

J'étais abandonnée. J'ai peur dans ces cas-là. Alors je perds la tête et mon éducation. J'ai enlevé ma culotte. Retroussé mes jupons (ils sont très jolis c'est des Chantal Thomass que j'ai achetés en solde). Je me suis accroupie au-dessus du tiroir ET JE VOUS AI PISSÉ À LA GUEULE. Ça a soulagé ma vessie et mes pulsions morbides. Enfin d'après le psy. Moi j'ai bien rigolé. C'était drôle de vous voir. Vous étiez toute gondolée. Et vous daubiez sévère. J'avais prévu le coup en mangeant des asperges. De l'ondinisme olfactivement prémédité comme on dit. Enfin je sais pas où. Mais sûrement quelque part. À son retour le siamois s'est pris une sacrée raclée.

Vous savez c'est de votre faute. Vous avez poussé le bouchon un peu loin. Alors il vous perfore la chatte. Faut jamais jouer avec le feu. Ni avec une descendante de Pélops. Après on se fait bêtement kidnapper et on finit sa vie dans une Cocotte minute. Remarquez à la base je voulais juste vous égorger pour les fêtes de l'Aïd. Mais je suis bonne chrétienne. Et il fallait qu'il PAIE aussi. Car je déteste les injustices. C'est qu'en attendant d'être veuve moi je suis orpheline. Et du coup à Noël j'ai pas tellement de cadeaux.

Alors je le cultive, mon sens de l'équité. *Roses blanches tombez! vous insultez nos dieux.* Le bonheur à la bourre m'est venu sur le tard. Peut-être parce que avant. Je crois. J'étais mort-née. Ou enfin il me semble. En tout cas il paraît. L'amour c'était du bouillon de poule. Des fariboles de kinkajou. Des guirlandes Pierre et Gilles clignotant la Madone succédané opium térébenthine sucrettes à l'heure du thé. Le parc de la clinique est bordé de platanes. C'est très chouette les platanes. Mais ça bouffe la lumière. C'est lui qui a commis le Fiat Lux. Le soleil des revenants *le soleil.* C'est lui qui m'a appris à vivre, vous comprenez. Non je ne crois pas. J'étais plus rose que la poussière. Il a fait de moi une mariée. Du sérieux à la tour Eiffel *main dans la main.* Aujourd'hui on nous laisserait *même plus monter.* C'est sacré ces liens-là. Vous ne comprenez pas. Je sens bien que vous ne comprenez pas. Vous n'aviez pas le droit. PAS LE DROIT.

Non. Vraiment. Je cherchais quelque chose. Loin de monsieur Sisyphe. Loin des Clamence en herbe qui peuplent si salement les cours du soir de secourisme *Marie-Jeanne Marie-Jeanne est tombée du pont.* À palabrer sur le néant on n'y gagne que l'art d'être aphone. Et l'enfance à trois francs six sous *J'ai pris ces roses blanches pour toi jolie maman.* Il m'aidait à y arriver. À trouver mon souffle et ma voix *J'ai pris ces roses blanches toi qui les aimais tant.* J'ébrouais la saveur du rire et de l'orgasme sous les tilleuls. *Et quand tu arriveras au grand jardin là-bas* il n'y a pas de nom pour l'ordure de fille que vous êtes. *Toutes ces roses blanches tu les emporteras.*

Le langage fuit en déserteur. Or si le lexique se dérobe titubant le crime n'en est pas moins là. Ici. Indubitable. Et arrogant. Or à tout crime son châtiment. Au singulier ou au pluriel. C'est selon l'endurance. Et la taille du volume. Le poids et puis la masse. Mais en ce moment j'arrive plus à rien calculer.

Vous n'aviez pas le droit. C'est pour cela qu'aujourd'hui elles me prêteront main forte. Sachez que mes cousines sont très rarement commodes. Et c'est rien de le dire. Alecto est teigneuse, vous n'avez pas idée. Megaera a toujours un faible pour les chaudrons. C'est elle qui m'a soufflé l'idée de la Tefal. Tisiphone me vengera je suis sa préférée. Mon père n'a survécu que le temps de la salve. Et ça fait pas très long. Même au fusil à pompe.

Voyez-vous. C'est pas que j'aie perdu confiance en la justice divine. Parce que même s'il n'y a rien. Quand bien même un charnier (on dit que Dieu est mort mais j'attends la confirmation A.F.P.) je sais très bien que vous paierez. Ça s'appelle *le choc en retour*. N'importe quelle sorcière le sait. Mais je veux juste GAGNER DU TEMPS. Et puis en cas de Trinité ça vous rallonge un peu la peine. Alors c'est toujours ça de pris. Un petit tour de broche maison avant de rôtir en enfer c'est quelques aromates de plus. C'est un peu Dante chez Maïté. Noël au balcon, Pâques aux tisons comme on dit quelque part mais cette fois-ci j'en suis sûre.

*

Il a manqué d'appétit. C'est dommageable. De repartie aussi. Ça a failli foutre notre petite sauterie en l'air cette affaire. Il a saturé votre répondeur. Le pauvre chéri. Il ignore que jamais vous n'avez été aussi proches. Ça finira par lui passer. Moi je veux qu'on soit heureux, vous comprenez. C'est difficile. Il lui faudrait quelque chose de nouveau. Remarquez, ce coup-ci en matière d'inédit il va être servi. Plusieurs louches.

C'est fou comme c'est pas bavard les culs-de-jatte. Ça vous gêne mes questions. Vous savez il faut pas avec moi. Et je sais TOUT ce qui s'est passé. Non non vraiment. Pas de manière. Je vais finir par me vexer. La retenue il fallait en faire preuve AVANT. Là c'est un tantinet déplacé, voyez-vous. Il serait même opportun de se délier la langue. Profitez-en. Les abats c'est en fin de semaine.

Ne boudez pas. C'est ridicule. On a jamais vu une estropiée monter sur ses grands chevaux. Ça pose trop de problèmes techniques. Et puis vous vagissez drôlement. C'en est même incorrect. Ça me déconcentre à force. Pourriez-vous avoir l'extrême obligeance de fermer votre gueule et de cesser de tortiller du tronc j'arrive pas à choper les petites lèvres.

Saisir fermement. Entre le pouce et l'index. Oui mais elle fait rien qu'à bouger. Sec. Il faut trancher d'un coup sec. Sinon on en perd. C'est déjà léger comme tapas. Alors il faut tirer au maximum. C'est élastique tu peux y aller. Les corps élastiques se caractérisent par la capacité de reprendre leur forme primitive, sous l'influence d'un choc ou d'une pression ils se déforment momentanément, puis leurs molécules tendent à reprendre leurs positions respectives soit $Q = M \times V$ toi tu la boucles c'est pas le moment soient *m* la masse de A et *m'* celle de tu vois pas qu'on est occupées non mais bordel c'est pas possible. *Scalpel.* C'est infiniment minuscule. Pourtant c'est là d'où vient le mal. En ponctionner le moindre filament. Jusqu'à l'orangé des ovaires. Les succubes sont pleins de ressources. La vulve ouverte sur l'Absolu. Fascinante comme une image fractale. *Coupelle.* Dissection de la dissémination carnassière. Abrogation du pacte satanique. Radiation de l'ACMRD (Association des Choureuses de Maris Ricanant à mes Dépens. Loi 1901). L'ennemi vient toujours toujours de l'intérieur. Épuration du démon de midi. Et de quatre. *Forceps.* Révélation vaginale identitaire. Erreur. Il y a erreur. Méprise sur l'entité concernée. *Cutter.* Le sujet n'est Pas marqué. Aucune lettre de feu ni au col. Ni ailleurs. L'utérus ne présente que des mycoses bénignes. Aucun des stigmates attendus. *Aiguille.* Lilith. Ce n'est pas Lilith. Du placebo. Une simple une vulgaire goule. Elle ne mérite nullement d'avoir été l'Élue. OPÉRATION TERMINÉE. *Serviette.*

*

Je ne comprends plus. Tu t'attendais à quoi. Le MAL. Rien que ça. Elle ne L'est pas. Sans déconner. Ben, qu'est-ce que je suis déçue, dis donc. Mais elle L'a fait. Alors aucune différence.

Peut-être. Mais y avait pas de motif du tout. Pas de motif. Aucun. Trop mitée, la carpette.

C'est tellement. Tellement déconcertant. Tout ce dégoût de lui. Cette gerbe de sa chair. Ces frissons d'angoisse qui m'égorgent. Ce fumet avarié qui me ligature les végétations. Cette désublimation perpétuelle. Il n'était plus qu'humain. Putain. PLUS QU'HUMAIN VOUS ENTENDEZ. Oui. Et nous SAVONS aussi. C'est ça la trace de l'impur. Ce corps qui se vidange. Qui se dessèche. Cette enveloppe dégonflée sale baudruche de sa substance. Si rien. Si déshydratée de beauté qu'elle tranche dès qu'on l'effleure. Un roc aigu et pourtant lissé en miroir. Psyché pour Narcisse écorchés qui chancellent sous le crash de leurs échos cornus. C'est là qu'est le vrai drame de l'adultère. Il n'est pas l'ectoplasme qui sourit à Feydeau. Il n'est pas romanesque. Ne prend pas l'Hirondelle quand bien même au printemps. Il est dans ce miroir déformant et coupant. Dans cette perte de soi. Dans ce corps DANS CE CORPS. Radié par le partage RADIÉ PAR LE PARTAGE. Trouver trouver trouver trouver LE PHARMAKOS.

Oui il est là. Il n'y a plus d'intimité. De vrai lien. D'entre NOUS. Puisque tu es à elle vous ne pouvez qu'être EUX. Il n'y a pas d'aussi. Il n'était plus qu'humain. On ne pardonne qu'aux dieux.

C'est une histoire banale. Comme toujours à Paris puisque ailleurs j'ai la paix.

C'est incroyable ce que ça peut faire comme dégâts ces quelques bribes de chair. C'est incroyable ce que ça peut pourrir un corps. Un amour. Et le reste. Par là est la Naissance du Monde. Mais c'est là qu'est Nagasaki. Des brûlures et des bagues brisées. Kleenex. Prozac ceintures dorées. Des larmes des ruines et des vulves. Combien de suicides sur un coup de queue. Non ça ne peut pas se calculer.

★

Voici donc mon histoire. Celle d'une petite fille qui a grandi trop vite et qui du coup se retrouve embarquée dans un truc pas du tout de son âge. C'est l'histoire d'une petite fille qui avait perdu sa maman et qui voulait châtrer les ogres. C'est l'histoire d'une petite fille qui cherchait partout l'amour et qui a fini par comprendre que ça n'existait pas. Mais alors pas du tout. Que c'était une sale blague. Pas faite pour rigoler. Alors, un jour, elle en a eu marre la petite fille. Mais marre à un point, vous n'avez pas idée. Aussi, elle a décidé de mourir. Parce qu'elle ne comprenait plus rien dans ce corps de femme tellement plein de tailles au-dessus tellement trop grand pour elle. Elle préféra l'enlever, qu'il se débrouille un peu tout seul pour voir. Oui c'est bien ça. Elle a décidé de mourir. Et c'est là que commence vraiment l'histoire. Parce que l'histoire des femmes n'est que la somme des récits de suicides enfantins.

Mais il faut rester vigilante. Car il est des charniers qu'affectionnent plus que d'autres les effluves d'arsenic. Et autour des cadavres putrescents petites filles, rôdent en froissant jupons les silhouettes corsetées. L'hystérie au giron et pathos pâmoison. Ce sont des âmes errantes qui ont le goût du sel et l'odeur menstruelle des entrailles asséchées. Leur taffetas popotin s'affale avidement dans ces corps désertés. Les symptômes répertoriés consistent en migraines persistantes, en visions guimauvantes bals cristallins châteaux en fête jeunes filles en fleurs, et en gavage névropathe de Coquelines périmées. Elles envahissent leur hôte des orteils au soma, n'y laissant plus le moindre repli vaquant. ET JAMAIS PLUS FEMME NE POURRA Y GERMER. Elles peuvent garder le contrôle toute une vie. C'est très long une vie, voyez-vous. Surtout en lisant Lamartine.

★

Je fris les éclats luxurieux. À la poêle. Je fais revenir. Huile d'olive paprika curry gingembre citron sur lit pickles chips au vinaigre et xérès fond de verre glaçonné. Croustillent puis fondent doucement. Doucement malaxés. Félicitations vives du chéri en sursis quant à la succulence et finesse des moignons. Surtout le carpaccio de pubis. C'est bon quand on reconnaît mon mérite. L'épilation fut un calvaire. Plumé plumé cot cot cot joli petit poulet des champs. Gallinacé décapité la crête servie à l'apéro et Moussorgski en fond sonore.

C'est si étrange un sexe tailladé. Ça ne ressemble à rien. Juste une béance. Une infinie béance. Sans fioritures. Sans attributs qui s'écarquillent. Sans décorum chairs qui pendouillent. La quintessence du sexe faible. Dans ce cas il porte bien son nom. Le sexe troué. Ce n'est que ça. Pas de quoi en faire un mystère. Une cavité juste aspirante. En quoi peut constituer l'appel. C'est incongru un sexe nu. Et cette absence de résistance. Cette fonte instantanée du clitoris sous l'incandescence du mégot. Je pensais la tourner tourner et. Tourner. La presser. L'enfoncer pour l'éteindre. La cigarette. Avoir un peu juste un peu à forcer. Sinon où est le plaisir. Et puis non. Même pas la peine. Ça s'est liquéfié. Rabougri. Comme un vulgaire bout de plastique qu'on crame par ennui. Pas de fumée sans feu. Mais le sang frais éteint. Noie. Grésille et détruit. La chaleur du foyer. Pas de grillon qui se tortille. De saint Jean sur les plaies dorées. À quoi ça sert. À QUOI. Un sexe de femme. Une fois lapidé. Et même avant. Insignifiant. C'est tout à fait insignifiant. Comme si toutes ces excroissances charcutailles n'étaient là que pour masquer le vigoureux néant de l'entrecuisse.

Alors disons : pour le plaisir. Après tout pourquoi pas. Sauf que : combien d'orgasmes simulés. De gémissements de pacotille. Viens mon chéri *penser à payer la facture Télécom* oh oui c'est bon *encore huit cents balles cette fois-ci* enfonce bien han *ça arrange pas le découvert* plus fort encore oui *acheter un baril de lessive un kilo de sucre* c'est ça oh éclate-moi bien *un pot de moutarde deux plaquettes de beurre* vas-y bourre-moi *une livre de tomates un filet d'oignons* jusqu'à la garde hanhan *une dizaine de yaourts nature des Tampax* je suis ta petite salope *du Destop du savon des bougies de la farine* ta putain de petite salope *passer au pressing chercher le recommandé* je mouille à mort *à la poste pourvu que ce soit pas la banque* c'est bon bordel oui *pour l'anniversaire de Sophie le gilet Agnès b.* fourre-moi ta queue *faut le prendre en taille 3 elle a vachement grossi* ça vient putain de bordel ça vient *prendre rendez-vous chez le véto* oui oh oui hanhanhannnn... — Oh mon amour c'était fabuleux. Au fait, t'as téléphoné au docteur Gagny pour le vaccin de Barnabé ? C'est fragile, les siamois, faut pas déconner avec ça.

Alors. Pour QUOI. Procréation ? Avec le clonage et le reste ça paraît un peu dépassé. Et puis le trou suffit. Le trou suffit pour la vidange de

couilles. Et pour l'accueil des substances étran-
gères avant leur phase d'envahissement. Les
ornements c'est bon pour les mycoses. Un piège
à cons ce truc je vous dis. Vous voyez. Ça ne
sert à rien. Au fond je vous rends service. Je vous
débarrasse d'un superflu très encombrant. Et
ruineux chez les gynécos.

Moi j'aurais bien aimé ne plus avoir cet inu-
tile cortège de tissus suppurants. Juste un trou.
J'y reviens. Une sorte d'anus vaginal. Minima-
lisme salvateur à l'époque où je tapinais. La
grande lèvre qui se coince entre la bite et la paroi.
C'est douloureux. Tellement douloureux. Insup-
portable. Un pincement vif. Une sale souffrance.
La lubrification du préservatif compense à peine
la sécheresse des muqueuses. Alors elle reste
là. Comme une conne. La grande lèvre. Il faut
toujours être vigilante. Donner au bon moment
le coup de reins libérateur. Pas trop fort. Pour
que le zob ne soit pas éjecté. Mais assez pour le
sortir discrètement. Après elle est toute tuméfiée. Gonflée de sang et de mécontentement.
Un hématome vulvé. Mon sexe avait bonne mine.
Il avait des couleurs. Impressions d'Afrique et
d'ailleurs.

C'était difficile parfois, vous savez. Supporter
ces frottements perpétuels. Ce n'est pas la pénétration en elle-même qui me posait problème.
Une bite qui entre qui sort c'est rien du tout. Il
y a de la place pour l'accueillir. On sait qu'elle

n'est que de passage. Qu'elle va pas passer sa vie de bite là, au chaud. Qu'elle va pas stagner au fond du vagin. Qu'elle a probablement autre chose à foutre cette brave petite queue. En tout cas on le lui souhaite. La chatte n'est qu'une auberge de jeunesse. Pour les putes, un peu espagnole. Il faut s'être prostituée pour savoir. Pour relativiser le pouvoir des biroutes et le pouvoir des hommes. Remettre la sublimation du coït à sa place. Entre la lampe Arts-Déco et la photo du petit dernier. Quand par mégarde on prend son pied avec un vieillard bien membré à la fin on revoit sa position. D'autant qu'on a des crampes. Pour peu, face à un corps aimé, on hésiterait à se faire prendre. La femme sera toujours un réceptacle. Juste un foutu réceptacle. Les hommes y mettent en vrac bite fantasmes pulsions transferts émois amours et parfois même le prix. Tout ça dépend des bourses.

Vraiment c'est plus fort qu'eux. Ils y mettent toujours quelque chose. C'est difficile quand on le sait. Difficile de ne pas leur en vouloir. Et aussi de quêter cette mise *en* sac quand vient la période des chaleurs. Résister à la réification en s'enfermant à double tour avec un gode et l'intégrale des Marc Dorcel en attendant que ça vous passe.

Eh oui. Même quand ils sont amoureux ils font de vous un chouette support. C'est viscéral. Ils ne peuvent pas faire autrement. Ce n'est jamais vous qu'ils perforent. C'est une moule juteuse, une chatte de salope en rut, une foufoune apeurée. C'est l'entrejambe douillet de bobonne, le minou de bibiche, la fleur mièvrounette translucide de leur si précieuse dulcinée. Pas vous. PAS VOUS. Vous comprenez.

Dès l'instant où ils le convoitent, votre sexe ne vous appartient plus. Ne fait plus *partie* de votre corps. N'est plus la continuité tactile de vos terminaisons nerveuses. Dès qu'ils s'emboîtent, ils vous aliènent. C'est pas méchant, au fond. En tout cas pas toujours. Je vous dis qu'ils ne font pas exprès. Au mieux c'est votre corps qu'ils baisent. Votre enveloppe vide. Sans nulle trace de votre soma. Les préliminaires sont des incantations fielleuses pour assurer malgré vous votre sortie en astral. Un corps dans toute la rudesse de sa nudité absolue. Cette déspiritualisation préalable permet à l'homme de s'astreindre à la masturbation pure, la zgégouze gantée de vos charmes. Et à vous de rédiger la liste des commissions pour demain.

Il jouit mieux ainsi. S'il s'encombrait de toute votre personne durant l'acte sexuel, il s'exposerait à un débandage inévitable. Être en face de *vous*, et non juste de votre corps vide, c'est risquer de se souvenir que vous l'avez battu au Scrabble hier soir, que vous gagnez mieux votre vie, que vous connaissez les Guayakis alors que lui pensait qu'il s'agissait de la plante aux vertus énergisantes que l'on trouve dans l'Orangina rouge, alors que tout le monde sait parfaitement que c'est une célèbre peuplade sud-américaine qui fut au centre de votre mémoire de DEA d'ethnologie, si bien que ça a fait rigoler tout le monde chez Sophie le week-end dernier. Et il faut être honnête : les Guayakis pour ramollir une bite, c'est pire que le bromure.

Mais si ces charmants couillidés se contentaient de juste vous extraire de vous-même, de vous vider de votre substance, de votre personnalité, de votre *individualité*, on en ferait pas tout un plat. On se dirait : tiens, on baise. Profitons-en pour évaluer notre budget prévisionnel à taux régressif sur les quarante prochaines années. Ou bien on fumerait un pétard, histoire de jouer les Annie Hall. Le problème, le vrai, c'est que pendant votre absence, ils abusent. Lâchement.

Garcin le lâche fourre sur la table basse Inès l'infanticide la putain en jarretelles sa sœur en Babygro la soubrette de son oncle la fille du film porno la rouquine du café l'instit de ses huit ans sa maîtresse du moment son ex ou sa voisine. Parfois même la concierge. Et ça c'est pas marrant. Parce qu'une fois qu'ils ont joui ils reprennent leurs esprits. Et vous restituent le vôtre. Et vous vous retrouvez pleine de foutre le manche du balai-brosse dans le cul, en vous demandant où il a bien pu aller chercher tout ça ce sacré bichounet, surtout le tablier à fleurs.

Non, non, vraiment, c'est pas une vie. Certains disent que le couple sclérose. J'aurais tendance à croire qu'au bout d'un an de vie commune, les femmes devraient surtout suivre un traitement préventif contre la schizophrénie. Et prendre un amant pompiste (mais ça j'y reviendrai plus tard).

*

Combien y a-t-il de tangos à Paris ? Ça j'aimerais bien savoir. C'est incroyable que personne ne se soit jamais posé la question. Ça j'aimerais bien savoir. C'est important. Capital. Mais ça ne peut pas se calculer.

C'était par un matin d'avril. Un matin clair. Ça va de soi. Je me souviens. Oui moi aussi. J'avais mon cabas en osier. Joli le marché provençal. Un petit tour chez le libraire. Jolis *NRF* empilés. Un sourire et quelques emplettes. On furetait gaie en ce temps-là. Juste se changer les idées. Éviter le rayon Feydeau. Flâner doucement Belle du Seigneur même s'il n'en reste que les anneaux. Raccrocher la mèche rebelle au chignon. Joli mon reflet sur la vitre. Et là c'est pas ma faute c'est vraiment pas de ma faute promis mais c'est monté tout seul personne personne

41

personne ne m'a aidée vous auriez pu dû mais vous m'avez ABANDONNÉE c'était atroce des lâches des LÂCHES vous avez déserté. C'est toi. C'est toi qui l'as vu en premier. Après. Pour nous. C'était TROP TARD. Vous auriez pu faire quelque chose au moins pendant contracter le clapet la gorge l'œsophage j'en sais rien au moins trouver un truc à dire aux gens. Impossible. Tu prenais toute la place. Et puis d'abord je ne vois pas pourquoi. Moi non plus. On doit payer pour tes sorties. On t'a déjà dit cent fois. Si ce n'est plus. De rester tranquille. Bien tranquille. Tout au fond. Tu es beaucoup trop émotive. C'est à cause de toi les Tranxènes. Déjà. Alors ça suffit. On a voulu te faire plaisir. Mais t'es même pas foutue de faire les courses sans que ce soit n'importe quoi. T'es encore pire que la petite. On ne il a il a il peut pas te il a AU LIT faire confiance. Si vous l'aviez vu en premier je suis sûre que vous vous aussi vous Pas du tout. Et tu le sais PARFAITEMENT. On serait rentrées bien gentiment. Bon, énervées. Mais gentiment. On aurait peut-être battu le chat. Non pas le chat. On aurait peut-être cassé la vaisselle. Ah non merde on a plus que des assiettes dépareillées avec tes conneries à force. Bref on aurait sûrement essayé de passer nos nerfs sur quelque chose mais puisque tout le monde y met de la mauvaise volonté. Mais non enfin on peut rester calmes aussi des fois. On peut rester un peu dignes quand on encaisse un choc. On est pas tenues de gerber en pleine Fnac sous prétexte que la trogne de l'autre raclure y est placardée du sol au plafond. Non mademoiselle. Et puis boude pas. Pour une fois qu'on est pas de trop. Allez. Les bras. Et insiste plus sur les jointures le cartilage a l'air coriace.

C'est amusant la haine quand même. Ça crée des liens. Ça va faire un vide quand on vous aura finie. C'est étonnant aussi la haine, voyez-vous. Moi j'ai tellement de haine. Tellement de haine à l'intérieur. Que je me demande souvent comment un si petit corps peut en contenir autant. C'est vrai. Combien elle peut bien peser toute cette haine. Je me demande souvent. Alors je monte sur ma balance. Et je lis 54 kg. Et je me dis que c'est bien peu 54 kg, pour cette haine. Pour toute cette haine si lourde. Tellement plus lourde que ça.

Elle est pourtant à l'intérieur. Et puis je pense. Au poids des os qu'il faut soustraire. Aux litres de sang. Aussi. Et puis à l'eau. Et à la graisse. Aux muscles aux viscères à la chair. Alors je me dis que pourtant. Elle est bien quelque part. Au creux des os. Diluée au sang. Nageant la brasse au fond de l'eau. Calfeutrée sous la masse graisseuse. Peut-être que la sueur à grosses gouttes. Un vampire. Une liposuccion. Pourraient. Qui sait. M'en alléger un peu.

Et puis non. Vraiment. C'est impossible. Quand même. Alors je me dis que ma haine est en moi comme sur une planète étrangère. Qu'elle sautille poids plume dans ma chair. Qu'elle défie mutine et guillerette toutes les lois de l'apesanteur. Et du reste. Qu'elle s'en fout des histoires de masses. Que je ne peux pas la calculer.

Alors je cherche à l'expulser. Pour voir au moins. Comment ça fait quand ça s'arrête. Et puis quelle drôle de tête elle a. Le bubon est juteux. Je presse encore. Toujours. C'est long tellement long. Qu'on y croit même plus. Parfois. On se dit : c'est un rêve. Calculons donc le temps qu'on mettra à se réveiller. Le bouton blanc. Ténia de peau. Sort par saccades. Tortillon pâle rampant mollement. Qui se crache au-delà du miroir. Lombric sanglotant opaline sanguinolent la survie à perpétuité. Du cratère à la geôle sachez qu'il n'y a qu'un pas.

Mais je ne sais plus très bien maintenant. Ma haine est encombrante. Je ne sais quoi en faire. C'est un monstre tranquille. Tenace. Qui ne fait pas du tout rire et ne s'appelle pas Casimir. J'aurais voulu qu'on m'aide. Un jour. C'est vrai. J'ai essayé. Mais l'infirmière m'a dit : vous êtes jeune et jolie il ne faut pas vouloir mourir.

Pourtant. Ce soir. Je crois. Il ne faudra pas m'en vouloir. Je crois. Je suis très fatiguée. Je vais baisser les bras. Et lui laisser les siens. Il est trop long à percer le bouton. Le comédon c'est

moi tout entière. Tout entière. Du sébum violence adipeuse comme substance vitale primale
unique. Et viscérale. Ça fatigue à force. Ça
épuise. De se percer toute seule comme ça. De
se vider ainsi de soi. De s'étaler. D'étioler misé-
rablement les glaces. Toutes les glaces. De sa
seule gangrène névrotique. Une infirmière m'a
dit : vous êtes jeune et jolie il ne faut pas vouloir
mourir. C'était il y a quatre ans. Je crois qu'elle
est bien passée et dépassée. La date de péremption. C'est queue de poisson et eau de boudin.
Voilà ce qu'on gagne à faire de l'apnée en eau
trouble. Laisse tomber, ma chérie, à chaque
fois que tu veux faire lyrique tu nous balances
des titres à l'Almanach Vermot. Que veux-tu. J'ai
jamais été foutue de me coller au lit à une heure
raisonnable. Mais pour une fois

      Je vais faire une EXCEPTION.

        Arrête. Arrête tu n'as pas le
droit Tu décides pas de ça toute seule C'est interdit Putain mais putain j'arrive pas Moi non plus
faites quelque chose Ça suffit maintenant J'ai dit
ARRÊTE Nous on ne veut pas Promis on va trouver NON une solution Crache mais vas-y crache
NON Mais bordel de Dieu crache ça CRACHE JE TE
DIS CRACHE Tu peux pas putain Tu peux pas NON
T'es pas toute seule On ira voir le médecin si tu
veux Mais CRACHE S'il te plaît NON De toute
façon tu vas encore te rater et on va chier des
boulettes de charbon pendant quinze jours dans

une clinique de merde Et puis moi je veux pas partir Moi non plus Moi non plus Ni moi Ni moi ni MOI ni MOI ni MOI ni MOIMOIMOI arrêtez je veux bien MOIMOIMOI essayer MOIMOIMOIMOI encore MOIMOIMOI mais promettez-moi qu'on va prendre rendez-vous avec un spécialiste.

Très bien. Tu deviens raisonnable. C'est qu'elle nous a fait peur cette gourde. En plus je déteste vomir. On va mettre un peu d'ordre ici. C'est pas parce que c'est la crise du logement qu'il faut foutre le feu à l'immeuble. On se tiendra au courant. Par courriers internes non je déconne. Elle a été un peu surmenée ces temps-ci. Elle est tellement sensible la pauvre. C'est pas la seule, remarque. C'est bien là qu'est le problème. Justement. Je m'occupe du reste. Ah non pas toi. À chaque fois ça finit en cure de sommeil. Faudrait savoir. On peut se passer des crises de tétanie en ce moment. Tout du moins. Quand tout sera réglé on ira te chercher. Promis. Bon alors. Qu'est-ce qu'on fait. Moi je m'en charge ET ÇA VA PAS TRAÎNER. (Mais on nettoie d'abord le lavabo.)

*

Étrangement, j'attends toujours qu'ils m'aient baisée d'abord. Pourtant. Je n'agis jamais en fonction de la performance. Ni de l'onctuosité. Ni de la flagornerie écumante. Pas même en cas de bienheureux priapisme. Je suis de ces femmes à principes. C'est une question d'éducation.

Certains diront que je fais preuve de mansuétude en leur abandonnant ainsi mes tripes comme dernier réceptacle. Certains sont de sinistres cons. C'est d'ailleurs là que réside leur singularité.

Je ne suis pas la Madone des queutards égouttés. Juste la petite cousine d'une veuve lasse attardée. Il faut bien savoir donner un coup de main. J'ai toujours eu le sens de la famille.

Les voir frétiller d'aise avant. Grimace repue. Soupirs salaces de fatuité. La relique de l'orgasme perlant encore sur leur embout. La turgescence vacillante qui prend des airs de tour de Pise. Remets-toi, mon chéri, J'ARRIVE.

Comme ils la savourent la cigarette du condamné. Comme ils s'en gorgent avec ivresse. De leurs volutes branchies. De leur crédulité navrante. De leur naïveté insipide. Mais oui mon ange, repose-toi donc un peu. Laisse-la dormir sur ses deux oreilles. Je passe Bizet sur la platine. Juste le temps d'une Lucky Strike. Ne pas dépasser le timing. Après les tissus se rétractent. Et là ça devient fastidieux.

Rester sobre dans le Grand Guignol. Port de tête tiens-toi droite mouche ton nez. Ceci est un minuscule attentat. La plastification sera brève. La cause ne sera pas revendiquée. J'aime beaucoup trop les devinettes.

Voici venu l'Ordre Nouveau. Le temps des moissons caverneuses. Il a bouffé toutes les cerises. CASSEZ VOS DENTS SUR LES NOYAUX.

Savourez la métamorphose. Car ce soir Joseph K. s'appelle Garcimore. Souriez riez petits enfants. D'un coup lamé baguette magique. Paillettes hop abricadabra. Admirez sortant du chapeau : gland suintant d'autosuffisance JE TE FERAI Caliméro.

J'ai su garder une âme candide et plus d'un tour dans ma machette car je cultive bien mon jardin. IL FAUT SAVOIR TRANCHER D'UN COUP SEC. C'est là le secret de la réussite.

Rictus en coin après l'aurore. Les ongles faits main sur les hanches. Et ceinturon damassé or d'où pendeloquent en gouttelettes les miroitantes cisailles.

VEUILLEZ SALUER L'ÈVE FUTURE
Elle salive à l'heure du clonage.

Je suis la main de Jéhovah.
La moule gluante de Babylone.
La solution au spectre Malthus.

Tremblez dès aujourd'hui si vos viscères en ont la force. DEMAIN NOUS SERONS EN COHORTES. Toutes n'auront pas ma compassion.

Sensation ineffable de ce moignon chaud palpitant. Non. Aucune exhibition hilare. On a jamais vu une Parque se marrer comme une baleine. Trop prosaïque. L'hystérie jubilante au peignoir bouffé par les mythes il faut la laisser au placard ou la donner à Emmaüs.

Rester digne. Un brin distante. Montrer qu'on a de la classe, quoi. Qu'on a pas passé dix ans pour rien chez les Ursulines à se prendre des tartes dans la gueule quand on met les coudes sur la table.

S'autoriser juste une remarque. Car comme on le constata naguère du règne somptueux lanternes rouges et guillotine : après section ça bouge encore. Même pour les membres roturiers (surtout la nuit : tous les méaturétrals sont gris).

Elle frémit au creux de ma main. Cette bite nomade. Elle bande. Pour peu engrais pour mandragores. TU LA VEUX ma bite qu'il disait. Désolée mon poussin, je n'ai jamais eu le sens de la métaphore. Mais je l'ai déjà dit quelque part.

Oui dans MA MAIN elle bande encore. Érection vaine. Comme d'habitude. Elle se donne une contenance, cette brave petite queue. Elle fait la grande la belle la maligne regardez-moi messieurs mesdames voyez comme je suis bien dressée même autonome moi j'ai la gaule et sans Viagra comprenne donc qui pourra c'est incroyable quand même pas vrai si c'est pas beau comme numéro mieux que la Femme à Barbe et que l'Homme-Haricot ça vous la coupe hein.

Je la soupèse. L'évalue. C'est pas bien lourd au fond, une queue. Ni en surface d'ailleurs. C'est déroutant tout ça. Au fond. Et en surface aussi. D'ailleurs. Tout un monde érigé sur ces quelques grammes de lacis capillaire de tissus vasculaires de fibres élastiques. Ça sonne comme le contenu tiroir d'une shampouineuse. Ça fait pas très sérieux. Quand même. Non. Qu'est-ce que tu en penses mon lapin TU VEUX BIEN ME RÉPONDRE QUAND JE TE CAUSE CONNARD.

C'est effroyable, mais il faut bien se rendre à l'évidence. Parfois les dictons populaires véhiculent une certaine vérité. Toutdanslabiteriendanslatête et lezgueàlaplaceducerveau. C'EST PARCE QUE JE T'AI COUPÉ LE BALANO-PRÉNUPTIAL QUE TU PEUX PAS COGITER DEUX SECONDES MON LASCAR ? T'AS LE CORTEX LOGÉ AU CŒUR DU GLAND OU QUOI ? JE TE POSE UNE QUESTION DUCON. Des fois qu'est-ce qu'ils m'énervent. Je me demande ce qui m'retient.

Monticules prépuces tannés mal dégrossis. Elle dégoulinait déjà le sperme boucané de toutes ses lézardes lichéneuses, votre société précieuse comme vos bijoux de famille. À présent je vous prédis une chiasse voluptueuse éructée en geysers de vos sphincters moisis. Scrotum éclaboussé ô pleutres trous du cul.

Des popols en chute libre. Une débâcle de zblobs. Exécutions stakhanovistes sur fond variétoche carmagnole. Des paniers débordants *Tirelipimpon sur le chihuahua Tirelipimpon avec les mains avec les doigts.* Sur toutes les places publiques on courra dans les rues le hachoir à la main *Moulinex — Parce que je le vaux bien.*

UN HOLOCAUSTE DE ZOBINARDS APEURÉS.
UNE NUIT SANS FIN DES LONGS COUTEAUX.

On brûlera les Œdipe.
Couronnera les Cassandre.
C'est la fin des complexes.
La mort des convertibles.

VOICI LE TEMPS DU GODE-POUVOIR. Je le prends là où il se trouve. C'est pas moi qui ai commencé. J'ai toujours eu le haut-le-cœur à l'idée du déboutonnage. Encore un coup chafouin pour se péter un ongle.

J'ai gagné ma vie comme branleuse. On appelle ça hôtesse de bar. J'ai vu gicler plus de nœuds rances en six mois que Lucrèce Borgia en personne. La moquette des petits salons *comme ils disent* n'était qu'une flaque immense de sperme échoué et macérant. La fragrance vinaigrée du champagne renversé y ajoutait une note suffocante et sinistre. Je suis très sensible aux odeurs. C'est un handicap dans le métier. Or porter un pince-nez n'est pas des plus glamour. Je pipais en apnée. C'est mon côté Grand Bleu. Sainte Rita sous les mers.

C'est dans les boxes tamisés du club que j'ai pris en pleine tronche des hectolitres de foutre et l'aspect saisissant de cette inadéquation biologique qui fait tourner le Monde. C'est une histoire de règne. C'est pas plus compliqué que ça. Et pas la peine d'aller chercher Buffon. Animal et végétal s'étreignent trop point n'en faut grognant et s'étouffant jusqu'au final vomitif. La femme est une drôle de bestiole. L'homme une plante grasse. La queue en champignon. JE M'APPELLE HIROSHIMA, MON AMOUR.

La pestilence émanant des braguettes entrouvertes est issue de ce compost grouillant protozoaire. Aussi faut-il couper le mâle à la racine. Et tendre aimablement le sécateur au jardinier. CHARITÉ BIEN ORDONNÉE COMMENCE PAR SOI-MÊME.

Farandole biroutée sur canapé en promotion. Je hais la moleskine. Toujours TOUJOURS les dégrafer en fermant les yeux. Et prier PRIER pour qu'ils soient rapides en besogne.

Notre Père qui êtes aux cieux
Saisir de la main droite
Que votre nom soit sanctifié

Secouer de haut en bas
Que votre règne vienne
Resserrer légèrement les doigts
Que votre volonté soit faite
Augmenter le rythme
Sur la terre
Humecter la paume gauche
Comme au ciel
La frotter sur le gland
Donnez-nous
Exercer une pression sur les
Aujourd'hui
Couilles
Notre pain de ce jour
Serrer plus fermement
Pardonnez-nous
Branler en vitesse maximum
Nos offenses
Susurrer que c'est bon qu'il
Comme nous pardonnons
Aime ça et accessoirement
Aussi
Qu'on est une salope
À ceux qui nous ont
Supporter la crampe du
Offensés
Poignet
Ne nous soumettez pas
Presser de la main gauche
À la tentation

Conserver la cadence
Mais délivrez-nous
Prévoir le jet quand vient le râle
Du mal
S'écarter vivement pour éviter
les taches
AMEN.

Se laver les mains dans le seau à champagne. Les essuyer sur le liteau. Puis le tendre au client pour ses cuisses et son ventre. Demander son pourboire avant qu'il change d'avis. Pour la fellation, compter en plus un *Ave Maria.*

C'est à force de les voir ainsi étalées ces bric-à-brac de queues putréfiées ces catalogues de difformations masculines ces piètres nomenclatures de virilités gerbantes ces défilés de zgegs au quotidien où ne manquaient à l'inventaire que deux ou trois ratons laveurs pour en faire de la poésie moderne que l'idée de faire le ménage m'est venue.

Parce que non contents de se faire astiquer par mes soins, leurs propriétaires désiraient ardemment me perforer avec, comme si ça suffisait pas comme ça les conneries. Le bar américain a ses règles. Comme au *McDo* c'est sur place ou à emporter. La Veuve Clito ayant sévi jadis, on ne se fait pas tringler au Club. Mais à domicile s'il vous plaît. Ici c'est établissement correct.

Sachant le triste devenir de ces quéquettes

aventureuses, je préférais aller chez moi plutôt qu'au Sofitel de l'angle. Et j'hésitais à me faire rémunérer. Le bourreau n'a jamais quémandé au condamné. Et on a son orgueil. Mais rapidement je me devais de changer d'optique. Je n'enlevais pas la vie ; j'arrachais la gangrène. Et compte tenu des dépassements d'honoraires pratiqués par mon dentiste pour l'ablation d'une malheureuse molaire cariée, je fixai mon tarif à deux mille francs. Parce que c'est bien joli d'avoir des principes mais ça paie pas le loyer.

Je recrutais au cabaret. Le fait est que le bar perdit beaucoup de clients et que depuis il a fermé. Toutes les graveleuses tentacules qui jouirent de mes mains et du reste finirent au vide-ordures.

Leurs bites n'ont pas la voix de leur maître. Ni d'ailleurs la tête de l'emploi. Le poireau moite des hâbleurs décrépits. Le vit grisâtre des assureurs. La rubiconde masse ferme des ouvriers. La chair nacrée des pharmaciens. Le zob tordu des élus locaux. Le polard jovial des employés de la voirie. La tige mollasse des gestionnaires. Le joufflu prozacien des dépressifs. Le kiki balbutiant des étudiants. Le lambeau pendouillant aux couleurs marmorines des octogénaires viciés gisant bicéphale fleurant bon le monument funéraire qui me glissait des doigts en gros ver adipeux glabre et froid À QUOI ÇA SERT QUE JE ME FATIGUE À TE SECOUER PAPI TU VOIS PAS QUE T'AS DÉJÀ LA BIROUTE DANS LA TOMBE.

Ce que je méprisais le plus, ce qui m'inspirait le plus instantané dégoût, c'était bien ces extraits de bave mousseuse débordant des prépuces trisomiques ; ces queues caninement sanguines au gland pointu, toujours gluantes à peine sorties. Seuls les circoncis avaient grâce à mes yeux, plus facile de dérouler la capote, même avec la bouche ça glisse tout seul. Mais eux non plus ne savaient pas se tenir. Leur phalle avide d'explosion se trémoussait stupide, frétillant comme un mollusque échoué sur la plage abandonnée coquillages et crustacés qui l'eût cru déplore la perte de l'été qui depuis s'en est allé.

Il arriva un jour où l'écœurement fut tel que je faillis manquer à la Cause. Cette Shoah nécessitait trop de visions insoutenables ; ma détermination en était ébranlée. J'avais envie de laisser là ces kilos de viande flasque, prendre un emploi de novice chez les carmélites, adopter un chat castré et écrire des contes pour enfants sur un perchoir à la campagne.

Mais je repris courage, devant probablement mon opiniâtreté à une aïeule originaire de Plouernec. Aussi mis-je au point un nouvel outil, plus performant, afin de perpétuer en toute quiétude ma chère technique du salami. Relayée par la haute technologie, quoi. C'est qu'il faut vivre avec son temps.

Ce fut un bel octobre rouge. L'idée me vint un soir où la chair était lasse et où j'avais fait le tour de ma bibliothèque. J'errais dans la cuisine, comme toute bonne femme qui se respecte, en dépit des centaines de conseils avisés prodigués par les magazines féminins pour s'occuper intelligemment, comme confectionner un porte-photos avec de vieilles boîtes à chaussures, s'appliquer à l'anorexie ou effectuer des exercices tantriques avec un polochon, par exemple. Je mâchonnais ma rébellion, essayant de faire quelques bulles. Ça n'allait pas sans mal.

C'est en faisant réchauffer un gratin dauphinois surgelé que je connus les transes de l'illumination. LE FOUR À MICRO-ONDES. Voilà, Mesdames, la solution. Moderne, pratique, facile d'utilisation, possédé par un fort pourcentage de foyers français, le four à micro-ondes présente, de plus, l'avantage non négligeable d'appartenir aux avatars de toute personne dotée d'un clitoris, en ces temps bientôt éculés, mais patience, de pernicieuse phallocratie. Sachons enfin en tirer profit. Ces chéris ne seront pas déçus. Dis Bibiche qu'est-ce qu'on mange ce soir ? — Cette fois c'est toi qui passes à la casserole.

Aussi, armée d'une tronçonneuse et d'une saison assidûment consacrée à l'étude des fiches bricolage de *Marie-Claire Idées*, j'opérai une petite ouverture adaptée dans la porte, et fixai sur les côtés du four un solide harnachement, qui n'avait rien à envier aux productions Domina Vidéo.

Je tentai dans la foulée le concours Lépine, mais mon invention ne me procura qu'un piètre succès d'estime, ainsi qu'un article dans *Nova Magazine,* qui voyait là l'avènement d'une nouvelle génération de cyberhappening à tendance postmanga.

Cette inopinée diversité des moyens d'éradication du genre queutal me permit incessamment de varier techniques et plaisirs. Les sexes en raideur postcoïtale étaient sectionnés manuellement, selon l'ancienne méthode, tandis que les dards flasques étaient confiés aux soins du *Bito-Extracteur*® (Brevet N° 4532XF/ 9785K/ Tous droits réservés).

Cela étant dit, je dois avouer que je fus rapidement grisée par l'efficacité de ce modeste apanage de la modernité. Petit à petit, je délaissai le couteau de cuisine pour me contenter d'appuyer sur un simple bouton. Que voulez-vous, c'est ça le progrès. Pas besoin de lire l'intégrale de Bourdieu pour assimiler le concept.

La réduction du chibre en bouillie fumante se déroule en six phases :

1) *Neutralisation du détenteur*
   a) Coup vigoureux asséné sur la cavité crânienne via une batte de base-ball, un vase de Barbedienne, les œuvres complètes d'Émile Zola, ou

tout autre objet susceptible de convenir. Pour celles qui seraient tentées par la méthode douce, la lecture à haute voix de la *Conversation dans le Loir-et-Cher* de Paul Claudel s'avère tout à fait adaptée.

b) Injection de morphine en intraveineuse, voire de LSD dilué préalablement en cas de pénurie. Remarque : dans le second cas, le sujet peut se révéler turbulent. Il est conseillé alors de renouveler le 1-a), et cela autant que nécessaire.

2) *Mise en place*

a) Installation du porteur sur un siège à roulettes. Cet accessoire est disponible à bas prix dans n'importe quel magasin de meubles détaillant. À noter une préférence pour la Réf. 987453G de chez Ikéa, en raison de son extrême maniabilité et de la spéciosité de ses accoudoirs, permettant de ligoter poignets et avant-bras avec aisance.

b) Harnachement minutieux des membres inférieurs et supérieurs, à l'aide d'une corde solide et de tendeurs, à vélo, par exemple. Il est capital que toute liberté de mouvement soit anéantie.

c) Bâillonnage. Pour ce faire, il est recommandé d'introduire en premier lieu une pièce de tissu dans la béance buccale du sujet. Puis, dans un second temps, d'utiliser du chatterton pour la fixation finale. Les esthètes noueront un carré Hermès autour du tout. Cette touche de raffinement reste néanmoins facultative (modèle *Calèches et étrillés*, collection automne-hiver 1999, 890 F, dépositaires et boutiques agréés).

d) Transport du sujet. Il s'agit de pousser le fauteuil à roulettes et son contenu jusqu'à la cuisine, sans renverser le ficus, l'halogène Stark, ni le guéridon, et c'est vachement difficile.

3) *Introduction du membre dans le Bito-Extracteur* [®]

a) Installation du sujet en position adéquate. Il faut impérativement que le siège soit réglé à la bonne hauteur. Sans quoi seul le gland sera soumis aux rayons chauffants, et ce serait vraiment idiot de s'être donné autant de mal pour si peu. Une fois la hauteur établie, encastrer littéralement le sujet contre la porte du four. Bien caler les roues.

b) Pénétration de l'objet concerné dans l'appareil. Saisir fermement l'engin et l'introduire dans l'ouverture découpée à cet effet.

c) Isolation de l'objet. Une fois le membre ajusté, boucher les éventuels espaces latéraux par des lamelles de Plexiglas scotchées.

NB : Lors du découpage de la porte, ne prévoir une ouverture que de 2,5 cm. Il vaut mieux avoir à forcer un peu que de combler un vide. On y gagne en efficacité. Ne se référer d'aucune manière aux statistiques concernant les mensurations et le diamètre de l'élément concerné. Diverses expériences personnelles ont démontré

que les chiffres communiqués sont trop large-
ment supérieurs à la réalité pour être fiables.

d) Ficellement du sujet. Il est judicieux d'en-
tourer le patient et le four d'un complexe de cor-
dages, de façon à ce que, en dépit de ses spasmes
durant l'opération, le porteur reste scellé à la
machine. Afin de se représenter l'idéal en la
matière, il est de bon ton de visionner *Ilsa, la
tigresse du goulag*, film fort instructif, disponible
dans tous les bons sex-shops (Sexy Dream, 85,
boulevard de Clichy, 75018 Paris, M° Anvers).

4) *Démarrage de l'opération*

a) Réglage. Mettre le thermostat en position
maximum. Si une personne de l'entourage est
dotée de solides connaissances en matière d'élec-
trotechnique (BEP Arts ménagers appliqués,
réparateur Darty, prix Nobel de physique quan-
tique, etc.) la mettre à contribution en lui faisant
notablement augmenter la puissance de l'appareil. Le nec plus ultra étant de transformer le
micro-ondes en déflagrateur de neutrons, mais
faut quand même pas rêver.

b) Programmation de la minuterie. Celle-ci
varie d'un matériel à l'autre. En règle générale,
prendre pour repère la cuisson d'une vulgaire
chipolata.

c) Lancement de l'éradication. Il n'y a qu'à
appuyer bêtement sur le bouton on.

d) Option musicale. En fonction de l'humeur

du jour, et pour éviter tout risque de suspicion émanant du voisinage, il est envisageable de couvrir les râles du sujet et le ronflement de la machine par un CD en osmose avec la situation. Le choix se fait en fonction des circonstances et de la personnalité de chacune. Les standards restent néanmoins *La chevauchée des Walkyries* et *Une nuit sur le mont Chauve,* pour le registre classique, ainsi que l'incontournable BO de *La Boum 1* et l'excellente compilation *Jackie Sardou chante l'Amour,* pour celles davantage portées sur la Pop (disponibles chez Virgin).

5) *Visualisation des faits*

a) Il est conseillé, lors de l'installation du *Bito-Extracteur*® (Brevet N° 4532XF/ 9785K/ Tous droits réservés), de remplacer le pan droit du four par une vitre. Cela permet de suivre le bon déroulement des opérations, et d'ajuster, si besoin est, le temps de cuisson. Cette technique permet, en outre, l'obtention de clichés Polaroïd du meilleur effet, ou encore de films vidéo amateurs, qui ne tarderont pas à être très prisés, et pourront être monnayés à haut prix. Et puis ça fait des souvenirs.

b) *Bref topo des stades de cuisson à l'usage des néophytes :*

— *Colorisation de la chair.*

Celle-ci passe généralement du rougeâtre au brun prononcé. Voire au franc marronnasse. Les veinures tirent quant à elles fréquemment sur l'indigo. On peut aussi être confronté aux teintes les plus fantaisistes, à l'instar du kaki ou du céladon, selon la qualité et la fraîcheur de la viande traitée. Durant les deux premières minutes, il arrive que la chair paraisse terne et grisâtre. Dans ce cas, il ne faut surtout pas se décourager.

— *Mutation des tissus.*

En début de cuisson, les cellules ont tendance à se contracter sous l'effet des rayons. Aussi un rabougrissement est notable. Certaines bites peuvent réagir ainsi jusqu'à la calcination finale. D'autres se fendront sur la longueur, implosant de façon plus spectaculaire. Une étude récente a montré que, sur un panel représentatif, 57 % des cadres et 34 % des professions libérales ont une tendance à la déflagration, alors que 46,3 % des employés de la fonction publique sont enclins au ratatinage. Les substances giclantes s'apparentent à un alliage cailleux, où l'on peut distinguer, après dissection, un magma de sang cuit, de minuscules canaux spongieux, d'urine séchée et de grumeaux contenant du fructose. Il apparaîtrait que les fulminations les plus intenses se manifestent lorsque le sujet est encore soumis au phénomène d'induration au moment de son introduction.

6) *Nettoyage, rétablissement et libération du sujet*

a) Une fois l'opération terminée, déplacer le siège, ouvrir le four, et procéder à la récupération de l'objet, constitué à ce stade de lambeaux épars. Dans le cas d'une calcination totale, comme citée dans le § 5b), procéder à une ablation immédiate, via la méthode manuelle. À noter que cramé le zbidounet est plus résistant que cru, et que de ce fait l'usage du couteau électrique est fortement préconisé.

b) Pratiquer sans tarder un décapage complet de l'appareil au Jex Four. Les morceaux coagulés étant très tenaces si on les laisse impunément sécher sur les parois, un entretien minutieux après chaque utilisation est obligatoire. En plus les bouts de pine moisissent à une vitesse, vous n'imaginez même pas.

c) Une fois les débris jetés à la poubelle, et les instruments passés à la javel, détacher le sujet. Ce dernier étant encore sous l'emprise des drogues, il se contente généralement de geindre de façon pathétique, et ne présente aucun danger effectif.

d) Soins à prodiguer afin de ne pas bousiller le lino. La petite intervention occasionne inéluctablement une importante perte de sang, voire de connaissance du patient, vu que les hommes sont des chochottes au fond. Cela pourrait être fort dommageable pour votre charmant intérieur et votre Twingo (*cf.* § suivant). Il est donc recommandé de panser la béance fraîchement apparue à l'aide d'un gros morceau de coton hydrophile, ou mieux encore, d'une serviette hygiénique contenant de la sphaigne, dont la réputation due aux fameux capteurs absorbants n'est plus à faire, et d'une large bande de sparadrap.

e) Relâchement du sujet dans le monde social. L'opération ayant, pour des raisons évidentes, lieu la nuit, on peut remettre en liberté l'individu réduit à peu près n'importe où. À condition que ce soit dans une périphérie éloignée du laboratoire. En fonction du degré de patience, de compassion, et du niveau de la jauge d'essence indiqué par le tableau de bord de la Twingo *Inès de La Fressange*, on peut le sortir du coffre, dont on aura pris soin de recouvrir préalablement le fond de sacs poubelle 200 litres, sur une aire d'autoroute, le parking d'Auchan, la place de l'Étoile, ou, s'il s'est montré particulièrement coopératif, aux urgences.

Par ailleurs, pour les invétérées réfractaires à la Haute Technologie, un nombre infini d'autres possibilités se décline autour du thème central. Pour peu que l'on ait quelques notions de culture orientale, la collection complète des vidéos de Ilsa, un soupçon d'imagination et une cave capitonnée, l'expérience est ouverte. Un gode-ceinture creux, rempli de fourmis rouges affamées, par exemple, peut donner des résultats satisfaisants. Mais il faut s'armer de patience. Et de boules Quiès. On peut aussi mettre ses animaux familiers à contribution. Il suffit d'enrouler la queue incriminée de fil dentaire, en tendant chaque extrémité dudit fil, qui aura de part et d'autre été noué aux roues de deux vigoureux hamsters. Les aimables rongeurs, en galopant avec entrain, auront tôt fait de garrotter popol, qui finira par être sectionné, effectuant une courbe dans l'espace qui ne sera pas sans rappeler l'effet catapulte. Il sera de bon ton, afin de faire bonne impression sur le sujet en lui montrant qu'on a des lettres, d'avoir recours au moment crucial à une célèbre citation latine.

Ainsi.
Pourtant.

C'est parfois un peu difficile. Je suis si seule, vous comprenez. Lorsque je reste trop longtemps dans une ville, je les entends devant les kiosques à journaux. Il m'arrive souvent de pleurer. Alors je prends le premier train, en épargnant les contrôleurs. J'achète des guides touristiques à la gare. Je lis les chiffres et je calcule. Putain. Je calcule. J'établis des études. Des paramètres. Des statistiques. Mais les facteurs socioculturels n'y changent rien. Jamais. À Paris comme à Lyon Marseille Rennes Rouen Toulon Lille Orléans La Barre-en-Ouche ou Vic-sur-Cère les queues flasques PULLULENT. Mais toujours les femmes tremblent puis reprennent leur tricot. Alors je cherche. Jamais je ne connais le repos. C'est toujours tellement difficile. Je suis si seule, vous comprenez.

Je suis née en décembre. On m'a appelée Hélène. Mes petits frères étaient déjà membrés. J'ai toujours détesté la queue plate des castors. Ma mère est morte en couches. C'était une erreur médicale. C'est moi qu'on devait immoler. Je n'étais reine de rien. De quoi s'attendre au pire. Génération vulveuse et sinon sacrifiée. J'ai perdu mes racines. *La fille de Minos et de Pasiphaé.* Moi, j'ai perdu le fil. Toujours des Minotaure et des mites au logis. Mon arrière-grand-père était restaurateur en fondues bourguignonnes. Leurs fumets vivifiants ont fait vomir les dieux. J'avais un lévrier. Je l'ai nommé Hector. Il creva en héros car c'était un molosse. Le temps m'a rattrapée. Et chouinaient les lucioles. La vie n'est jamais belle au soleil des Atrides. En vieillissant, que vouliez-vous que je fasse. Seule. Je suis. Encore. Seule. Finir emmitouflée d'une camisole à force de lycanthropie. Les steppes sont rares en zones urbaines. Je ne regrette pas grand-chose. Si ce n'est mon manque de charisme. Avec le développement du multimédia, je n'ai aucune excuse. Pourtant. Nul écho à ma psyché. C'est à en perdre son Virgile. Peut-être suis-je née trop tôt. Elle fait dodo Zarathoustrette. J'ai fait des vendanges illusoires *Nous les referons ensemble Nous les referons ensemble* pirouettes fantoches à Halloween. Marie perdue dans la forêt. Je suis la mouflette d'Atropos mais j'ai bien peur d'être orpheline. Alors j'attends mes petites sœurs. Mais j'ai du mal à parler russe. Ce soir, je pense que je vais rendre l'âme. Je ne sais vraiment plus quoi en FAIRE.

— Bien. On va en rester là aujourd'hui.

Pour les honoraires, voyez ma secrétaire.

★

Café Wepler dix-sept heures trente-deux. Assise seule enfin. Tellement seule. Table bancale cendrier débordant. Je souffle dans ma paille pour exterminer les bulles de mon Coca light. Ça mousse à gros bouillons. Ce qui est passablement dégueulasse. Je déteste le Coca éventé. Je souffle dans ma paille pour enlever l'air de mes poumons. Pour me démontrer que j'existe physiquement. Et que c'est déjà ça. Que mes organes fonctionnent encore. Et que c'est pas si mal en attendant le cancer. Je souffle dans ma paille je suis vivante j'ai un tailleur noir et l'air perdu. Voire un peu con. Je me lève me cogne la hanche au coin de la table. Ça m'étonne d'avoir mal. Adage et vieilles lanternes je souffre donc je suis. Je gobe deux Atarax. J'ai plus de Lexomil. Je me dirige avec résolution et parfait port de tête en direction de la pancarte qui indique les toilettes. C'est étonnant cette gêne que j'ai toujours ressentie au moment où je dois manifester publiquement mon envie de pisser. Surtout quand je suis seule. J'ai durant des années maîtrisé ma vessie jusqu'à l'insoupçonnable. Je descends lestement les escaliers mais je ne les dégringole pas. Nuance.

Je me mire dans la glace terne et piquetée. Traits tirés teint brouillé cernes couleur chiures de mouches. Noter : Refaire en urgence cure Juvamine MagnB6 Arcalion. Je saisis la poignée. Strangulation laitonneuse. Referme brusquement la porte. J'aime être méchante avec les choses. Torturer sans faillir les objets. Sourire aux agonies qui couinent. Et ricaner aux grincements de gonds. Petite je corrigeais ma poupée quand elle refusait de manger sa purée d'escargots à la boue. Têtue qu'elle était ma poupée. Elle a moins fait la maligne quand je l'ai balancée sous le bus. J'aurais préféré la noyer mais c'était une sorcière. Je n'étais pas de taille. Normal, j'avais quatre ans. Plus tard, je battais mon aspirateur s'il s'obstinait à manquer d'appétit. C'est vrai, quoi. Il faisait son difficile, le petit môssieur. Huit cent quatre-vingt-dix balles même pas en solde au BHV et ça rechigne. On croit rêver. Impossible de lui faire entendre raison. Ça chipote. Ça fait sa fine bouche. Pour se gaver de moutons pas de problèmes. Mais pour les abats plus personne. *Agneau de Dieu qui enlève* j'ai dû prendre un chien à l'époque *les péchés du monde* si c'est pas malheureux *prends pitié de nous.*

Je moleste mon armoire. Insulte mon frigidaire. Enfonce sournoisement mon mégot dans le bras du fauteuil. Et mon ordinateur. Vaut mieux pas en parler de mon ordinateur. Avec les roustes que je lui file y a intérêt qu'il se tienne à carreau.

Ne croyez pas que c'est gratuit. Qu'ils ne le méritent pas. Surtout pas. Rien ni personne n'est innocent. Allez donc relire Aristote. Les choses aussi ont leur karma. Et elles se vengent aussi souvent. Qu'y a-t-il de plus fourbe qu'un bidet. Je vous le demande. À part bien sûr une pomme de douche. Et, ça va de soi, un strapontin.

N'allez pas croire que c'est facile. Que c'est par lâcheté que je m'en prends à eux. Que je transfère j'extériorise. Bien au contraire vous ENTENDEZ. Car les objets font les malins. C'est bien connu. Le bas qui file exprès pour vous foutre à la bourre. Le rasoir qui vous entaille le mollet lame exultante devant la plaie qui goutte. Le verre à bordeaux qui éjacule gloussant sur votre robe neuve Calvin Klein. Et tout ça pourquoi hein POURQUOI je vous le demande. Pour vous faire cul-pa-bi-li-ser. Tout simplement. Pour le plaisir hargneux de vous entendre hurler mais putain de bordel quelle conne fait chier de merde c'est pas possible une robe à deux mille balles ta race sa mère sous le regard médusé d'Antoine Delavergne qui a accepté votre invitation pour votre aspect bourgeoise mais perverse dénuée d'option je vends des harengs saurs sur le marché de Sartrouville. Pour que vous vous enfermiez illico dans la salle de bains vous balancer des gnons. Devant le miroir, justement. Le miroir qui va s'empresser de le raconter à la serviette éponge. Qui va le répéter à la machine à laver. Qui va le répéter au tiroir du buffet. Qui va le répéter à la petite cuillère. Qui va le répéter à cet enculé de verre un jour où toutes les tasses seront sales. Qui va bien rigoler. *Ah Biquette Biquette tu mangeras de ce chou-là.*

Eh oui alors voilà c'est comme ça. C'est comme ça. Un immense complot ménager. Allez donc y trouver votre brosse à dents. De quoi suer et trembler sous sa couette. D'autant qu'elle est aussi dans le coup. La preuve. Elle planque toujours le cendrier. Histoire de vous voir prochainement danser à la Saint-Jean en vous demandant où sont passés les tuyaux la lance et la grande échelle les Brésiliens les gazelles les femmes du Congo et votre sens de la mesure.

La vérité c'est que les objets sont jaloux. L'armoire normande vous envie votre bonnet en peau de vache non traitée. La lampe Stark est une fan de Jungle et c'est vous qui allez au Grand

Rex. La porte blindée refuse de s'ouvrir quand vous rentrez suintant le whisky sec parce que c'est une ex des A.A. Non. Je vous le dis et c'est un fait. Les objets sont un ramassis d'immondes salopards. Et ils n'ont que ce qu'ils méritent. J'ai d'ailleurs acheté il y a peu un martinet pour mon sofa. Mais il faut que je me méfie. Il a les lanières chafouines.

Je pousse le verrou. Je disais. Donc. Je pousse le verrou. Vide le rouleau de pq pour border la cuvette. Confortablement je m'installe. Un petit râle. Et je VOUS chie. Glissant avec emphase dans mon intestin grêle. Minaudant béatement dans les moindres replis. Parfois marivaudant un peu. Non non oh pas déjà jenesuispascellequevous-croyez. On ne se refait pas que voulez-vous. Vous faites la moue au gros côlon. Vous traînassez. Alors. Voyez. Égoïste. Mes sphincters se dilatent en vain. Pourtant avides de faire votre connais-sance. Frétillant d'aise d'avance. Souriant large le rectum à l'idée de vous étreindre. Belle incon-nue. De vous sentir. Chaude et. Palpitante. Ser-pentant en couleuvre. Rayée de borborygmes. Frôlée de leurs anneaux. Améthystes aigues-marines. Fine fleur de l'intelligentsia intestinale. Vous jouez les réfractaires. Accrochez les parois. Je dis : c'est pas du jeu. Je rougis et m'essouffle. Courbée. Sous le poids de L'EFFORT (qui ne peut pas se calculer je préfère prévenir au cas où).

Ce que vous pouvez être fatigante à la longue. Têtue mais têtue des fois j'vous jure. Vous me contrarierez jusqu'au bout c'est à craindre. Mais j'arrive toujours à mes fins. Avec ou sans dragées Fuca. Alors faites-moi plaisir. Pour une fois RENONCEZ. Je ne vais pas vous garder indéfiniment à l'intérieur. JE VOUS DIS QUE C'EST IMPOSSIBLE. Bordel. N'insistez pas. TU M'AS ASSEZ NIQUÉ LE CERVEAU COMME ÇA, POUFFIASSE. TU VAS TE METTRE AU TROU DU CUL MAINTENANT HEIN. Non mais des fois.

Je sens que ça gonfle en chou-fleur. Que ça suintouille aux entournures. Noter : bouffer du macchabée constipe jusqu'à l'occlusion et provoque des hémorroïdes. Je regarde fixement le collant tire-bouchonner sur mes Kélian. Je tousse. J'ai lu qu'en cas de fortuite sodomie il faut toujours tousser. Alors je tousse. On sait jamais. Ça peut aider. Et rictus nostalgique vous jaillissez *bonsoir Clara*. Hors de moi. Enfin. Hors de moi j'ai dis HORS DE MOI. Tombée d'un coup ou bien du Ciel c'est à défaut. Éjectée laborieuviolemment putchée par ma coalition organique. J'ai des tripes VOYEZ-VOUS J'AI DES TRIPES et des reins si solides qu'aucun des stratagèmes dont vous pourriez user quand bien même entérite NE POURRA RIEN Y FAIRE Un amas beige rognures mordorées céladon repose. Enfin sur la faïence.

Je vous dis rêves de Chine. Gogues lilas *profonds comme des tombeaux* vous extraire chromatique et puis rire ENFIN rire en tirant la chasse d'eau. Eschatologie shakespearienne : Au grand Parnasse et grand Pardon

Titus Andronicus de pâté se gava
Se dire ainsi s'en fut la merdeuse Ophélia.

★

Café Wepler dix-sept heures quarante-sept. Un soda aspartame plus tard. Je mordille négligemment ma paille. Et me dis que quand même décidément je suis bien désœuvrée. À ma gauche à une table qui n'est pas bancale comme quoi ce n'est pas une fatalité suffisait de s'assurer de la stabilité du support *avant* de s'affaler mais tant pis je me dis c'est encore un coup du complot me dis-je donc en me remémorant la peignée que j'ai filée discrètement à la chaise du fond la semaine dernière un couple se déchire. Mais très très poliment. Avec toute la retenue que nécessitent les lieux publics. Les doigts se crispent. Il y a de la crainte dans la voix du garçon. Petit rire poussin et nerveux. Dissonant en fin de phrase. La fille est blonde et calme. Elle a les ongles bleu métal et une veste Max Mara. Un modèle de l'année dernière que j'ai failli acheter et à la réflexion j'ai bien fait de m'abstenir. Lui veste en jean et polo rouge. Type italien, tout ce que je déteste. La fille dit qu'il exagère tout qu'il se rend malade même qu'elle y croit pas. Il hausse le ton. Filet brisé dans les aigus. J'ai l'impression qu'il va pleurer. Dehors il pleut genre c'est Verlaine et la radio chouine Obispo. Je trouve ça triste, moi, de se disputer sur Obispo. Surtout quand on fait pas exprès. Ça fait ressortir le sordide. Le sordide du stéréotype. Quand j'avais quinze ans un crétin m'a quittée au café Jupiler du coin. C'était encore la belle époque. Celle où Pascal Obispo restreignait ses pulsions terroristes aux couloirs du métro. Et où un quart de Lexomil faisait effet pendant deux heures. Mais il y avait déjà Bruel. Peut-être que c'est pour ça que ça marchait tellement, le quart de Lexomil. En y regardant bien, il y a toujours des générations sacrifiées. Ce garçon n'était pas très beau. Il n'était pas très futé non plus. En plus il s'appelait Benoît. Comme mon boucher. Je n'étais pas amoureuse du tout. Pour tout dire je le fréquentais surtout pour d'obscures raisons culturelles : il avait l'intégrale d'Indochine, à cet âge-là, ça crée des liens. En terminale, je ne sortais qu'avec des Allemand Première Langue. Novalis en levrette ça avait plus de chien. Mais chaque chose en son temps. Il m'a dit voilà cette nuit j'ai réfléchi et du coup c'est fini et le juke-box a ajouté alors qu'on ne lui demandait rien mais alors rien du tout surtout pas moi que bah on va s'quitter comme ça comme des cons dans l'café d'en bas et j'ai pleuré comme un veau élevé sous la mère. Un comble pour une orpheline.

On devrait interdire la variétoche insipide dans les cafés. Ça éviterait au quidam moyen de vivre du Lelouch.

J'avale mon Coca de travers. Le jeune interprète français à la calvitie précoce hulule à n'en plus finir tu sais machine tzoin tzoin un tas de trucs vachement profonds ploum ploum le temps c'est de l'amour par exemple tiens voilà. Je lève les yeux au Ciel et le prie pour que jamais au grand jamais un artiste contemporain ne s'éprenne de ma personne (avec mon bol, vaut mieux prévenir que guérir, et un *Pater* ça mange pas de pain comme dirait ma grand-mère qui s'empresserait d'ajouter que la petite, vaut mieux l'avoir en photo qu'en pension), et ne m'écrive de chansons enfiévrées qu'il viendrait chevroter sous mes fenêtres. J'ai assez d'ennuis comme ça avec ma concierge.

Le mec écrase sa clope comme dans un spasme. Il marque un temps. Puis se répand. Sur sa souffrance. Sa jalousie. Il dit qu'il a menti. Qu'il a nié le virus au début de l'histoire. Juste pour ne pas qu'elle ait peur. Juste pour ne pas qu'elle ait peur et qu'elle ne se sente pas emprisonnée. Je le trouve un peu hypocrite sur les bords du coup. J'allume une Lucky. Je me trouve un peu hypocrite sur les bords du coup. Ce qui en soi constitue une mauvaise nouvelle.

Je commande une vodka. Il dit qu'il réfléchit tous les jours. Je me dis que ça ne peut pas lui faire de mal. Il dit qu'il essaie d'être dans la tête de la fille. Mais que c'est compliqué. Moi ça m'étonne pas trop vu que ce doit être particulièrement difficile de se mettre dans la tête de quelqu'un qui porte des sandales compensées argentées par moins quinze. Quoiqu'il doit y avoir plein de place, remarque.

Il lui dit aussi en regardant la troisième dalle à droite à moins que ce soit la seconde d'ici je cerne pas bien mais si voyons fais un effort oh vous ça va commencez pas à me faire chier j'écoute t'as pas mieux à faire franchement laisse-la ça la détend j'aimerais mieux qu'elle lise son bouquin j'aimerais bien savoir comment ça finit sois pas conne ils meurent tous les trois c'est évident c'est toujours pareil les romans dix-neuvième surtout quand c'est l'autre qui choisit quoi l'autre mais moi je t'emmerde on va pas passer notre temps à lire des revues médicales t'es bien gentille oui mais moi je m'informe ET VOUS ME GONFLEZ TOUTES À LA FIN C'EST PAS POSSIBLE D'AVOIR UN PEU LA PAIX NON ?

Il lui dit aussi en regardant quelque part par terre comme ça y a pas de réclamations, que si elle est bien avec lui elle devrait être juste avec lui et que si elle est bien avec l'autre elle devrait être juste avec l'autre il veut dire parce qu'elle peut pas être bien avec tout le monde en même temps ou alors il faudrait qu'elle consulte.

J'ai bien envie de leur donner les coordonnées du Dr Richerateau mais je viens de boire ma vodka et je réalise soudain que j'ai toujours eu les alcools blancs en horreur et que je suis vraiment distraite décidément.

La fille se passe la main dans les cheveux qu'elle a visiblement propres et exerce une pression répétitive sur celle de son compagnon qu'il a visiblement foutue dans le cendrier. Elle lui parle doucement avec des sourires de Tartuffe en jupons Kookaï. Ils en viennent à l'échange de salive et semblent drôlement réconciliés. Ils se promettent des trucs très chouettes comme dans les couples équilibrés. Il ne la suivra plus partout ne laissera plus ses chaussettes sales dans le salon n'invitera plus ses collègues d'Intermarché à manger des pizzas quatre-saisons les soirs de match et en échange elle ne se fera plus sauter par Jean-Michel. C'est très facile en fait d'être un couple normal tu devrais prendre des notes TOI ON T'A PAS SONNÉE. Elle rit avec adresse et conclut que l'amour c'est formidable mais que sa mère l'attend. Elle se lève. Ajuste sa jupe très courte. Jette un coup d'œil satisfait à son reflet sur la vitre. Et me laisse avec l'intime conviction que sa mère est dotée d'un prénom composé.

Les battants de la porte se referment lentement. Il reste un moment silencieux. Puis dodeline du chef à l'idée que toute la musique qu'aime Johnny vienne du blues. Il commande un café. Il a l'air triste. Repousse sa tasse pour éviter d'y croiser son regard à la surface. Il me regarde. Un peu perdu. Voire un peu con. Il a des mocassins à glands et un teint jaune ciré. On dirait Groquick en Weston. Et pourtant là, en dépit de ma répulsion pour les boissons instantanées, j'ai très envie de le prendre dans mes bras sans lui parler tout bas parce que faudrait voir quand même à pas déconner. Ça doit sûrement être ça, *la solidarité des cocus*.

J'avale cul-sec ma troisième vodka que je vomirai avec les deux premières et mon panini du midi un peu plus tard dans le métro. Entre Blanche et Pigalle. Une chouette ligne pour vomir.

*

Parfois la nuit je fais des rêves. Au matin je les note. Des fois je me réveille exprès. Alors le lendemain je lis :

LA FIN D'UN MONDE S'ANNONCE PAR DES SIGNES CONTRADICTOIRES Et je téléphone au docteur Richerateau complètement paniquée.

*

Aujourd'hui c'est dimanche et je ne sais plus quoi faire de vous parce que vous êtes morte.

Pourtant. C'est dommage. J'en avais des projets. Du boudin de vos intestins. De la panse farcie à ma belle-mère. Garder vos organes vitaux et vous maintenir en vie par un complexe procédé médical tuyaux oxygénés comte Zaroff et le reste. En ne vous nourrissant que de vous-même. Centre expérimental traité d'autophagie. Aussi. Tant qu'on y est. Mais c'était trop beaucoup trop compliqué. Et pas tellement crédible. En outre. En même temps, ça me soulage pas mal que vous soyez morte. Pour tout dire. Ça m'avait atrocement détraqué le bide cette petite cuisine. Voyez-vous. Et puis le reste. Aussi.

Pour de vrai, hier j'ai presque eu peur. Est-ce que c'est le fermoir du collier le fermoir du collier tout SEUL depuis le temps que je le porte jamais jamais ça m'a fait ça. C'est tellement douloureux en plus. La nuque gantée par l'allergie. Je crois je crois JE CROIS qu'elle a tenté je le dis répondez elle a elle a elle a tenté LE COUP DU LAPIN.

Alors. Elle. Est-ce qu'elle essaie. Comme ça. De ressortir. De moi. De resurgir. Ses cris vengeurs gonflant. Jusqu'au prurit. Le moindre. Le plus infime GRAIN DE MA PEAU.

J'avais si peur hier. Si peur si tellement. La lèpre me lèche le cou. Elle bave de l'intérieur. Elle me ronge à présent tout le corps la vicelarde JE NE SAIS PLUS QUOI FAIRE.

Mes ventricules perforés. Je le sais. Ne doivent

plus lui suffire. Méthodiquement la voilà. Qui grignote TOUT. Comme une vulgaire meule de gruyère. Parasitée je suis PARASITÉE.

Car elle y tient la garce. À sa rancœur post-hume. À ses tentacules filandreux. À ses stigmates du troisième type. Et pourtant à la cave elle trouve encore le moyen de râler. J'ai du mal à la digérer. Elle m'aliène par parcelles. Et JE SUIS ALLERGIQUE À CETTE FOUTUE BONNE FEMME.

Il est cloué au lit depuis deux jours. Une intoxication alimentaire je crois. Même le chat refuse de coopérer. Il mendie des croquettes chez la voisine. Dieu sait pourtant qu'il a les croquettes en horreur.

Il faut absolument mettre fin au CARNAGE. Je me disais hier. Car j'avais un peu peur. Mais aujourd'hui c'est dimanche et vous êtes morte.

Vous le vouliez. Et voyez tout concorde. Tout s'astreint à prouver que vous n'y connaissiez rien. On le veut toutes mais il se mérite, vous savez, LE MONOPOLE DE LA DOULEUR. On le dit toutes qu'elle crie qu'elle hurle qu'elle nous assaille qu'elle est la rage qu'elle est vivante mais il faut bien finir par les départager toutes ces gamines qui nous poussent sanglotant vers le tableau d'honneur. Et voyez-vous, ma petite fille à moi elle n'avait pas dix ans et elle n'avait rien fait elle croyait au soleil et elle n'avait rien fait elle aimait sa maman et elle a vu le sang elle a elle

a elle a vu le sang elle a elle a elle a elle a vu le
sang elle a elle a elle a elle a elle a vu le sang elle
a elle a elle a elle a elle a elle a elle a elle a
elle a elle a elle a elle a elle a elle a elle a VU LE
SANG.

★

Aujourd'hui c'est toujours dimanche vous êtes
morte et c'est tout. Parfois c'est facile de mourir.
Pourtant j'ai essayé plein de fois.

Le dimanche c'est le jour où même Miss Uni-
vers a la gueule de bois et un caleçon qui poche
aux genoux. C'est aussi le jour de l'enfance. Le
jour de l'album photos chinois en bois laqué. Il est
dans mon secrétaire. Deuxième tiroir de gauche.
Depuis longtemps si longtemps. Que c'est à
peine si je peux le calculer.

Il n'est pas beaucoup plus large que les autres.
Les autres albums photos. Par contre il est beaucoup plus long. Comme quand on prenait son
cahier à l'horizontal pour dessiner François Premier à Marignan 1515 en CE2. Du coup les photos elles se suivent. Cinq à la ligne trois lignes par
page. Elles sont regroupées très en ordre. Elles
peuvent raconter des histoires.

Surtout, l'album photos chinois en bois laqué il
est très lourd. Quelle drôle d'idée, d'ailleurs, une
couverture en bois laqué pour un album photos.
Même chinois. Sur la couverture en bois laqué, il

y a un paysage chinois avec des petits arbres tout tarabiscotés et un tas de chouettes maisonnettes en papier. À la réflexion il y a des risques qu'il soit japonais l'album photos chinois en bois laqué. Et ça c'est pas marrant. Donc.

Au milieu du paysage il y a un paon. Mais pas en plein milieu. Tout devant genre gros plan. Il est de trois quarts et fait même pas la roue. Alors c'est intrigant. Parce que sa traîne elle est fermée et qu'elle est très très belle sans qu'elle soit déployée on se dit que s'il la faisait sa putain de roue ce serait encore mieux. Mais mieux comment. Ça on sait pas. Et y a des risques qu'on sache jamais. D'autant que cette saloperie de paon a fait son Chinois des années avant d'être enfin démasqué. Il est vachement mystérieux, en fait. Ce paon.

L'album photos chinois en bois laqué il donne du poids aux souvenirs. Son armature crédibilise. Il y a une chose à ajouter : l'album photos chinois en bois laqué il fait aussi boîte à musique. Boîte à musique chinoise. Quoique. Il suffit de tourner la clef. Elle est derrière. On la remonte on ouvre l'album et hop on entend la musique très gaie qui fait tralalilalilalala lalilalilalala (bis) toubidoudi toubidi toubidoubidère tidoulilou (*ad libitum*). Au fur et à mesure que l'on feuillette l'album, la musique ralentit et à la fin elle est très douce et très très triste. On appelle ça la nostalgie.

Sur les photos il y a ma mère qui est jeune qui est jolie qui est avec ses amis qui sourit qui se marie qui a des robes moches qui grossit qui a les yeux rouges et pis qui y est plus. Sur la dernière page j'ai collé une photo où ma mère est très belle elle doit avoir mon âge et elle sait pas encore.

La musique se déglingue. Je couine en reniflant. La dernière page gondole. Ma mère s'enlise dans les marais salants.

Je referme l'album photos chinois en bois laqué. Le mécanisme fait crac. Je range soigneusement mon joli. Si joli. Petit tombeau familial. Profanable à loisir et puis à l'infini. Sûrement pour ça qu'il empeste l'éther.

Je l'aime parce qu'il est rassurant. Avec lui je peux le doser, mon chagrin. Distiller le juste compte de larmes. Pipette trois gouttes pour l'été soixante-treize. Tube à essai entier pour l'hiver et la suite. Les souvenirs ne peuvent jamais non JAMAIS nous surprendre. Même sur un clic-clac Habitat chez un barbu pas trop loquace. Les souvenirs sont sécurisants. Ils nous font mal que quand on veut. Même les plus torves sont incapables de trahison. Pas de Pandore désordonnée. L'une d'entre moi connaît son rôle. JE SUIS LA GARDIENNE DES MOUCHES BLEUES.

Je les préfère aux gens pour ça. Je ne voudrais que des souvenirs. Mais voilà il arrive un moment où on a besoin des gens pour fabriquer des souvenirs. C'est là que les ennuis commencent.

★

Le Nous est revenu. Sans relent de friture. La vie commune reprend son cours. Même pour lui. Surtout pour lui. Vous n'êtes qu'une erreur de parcours. Et moi je me demande au fond où en est l'aiguillage.

J'ai épousé un philosophe. Et c'est pas facile tous les jours. S'entendre citer *Ecce Homo* quand on se baffre impunément de saucisses de Francfort, ça a son côté folklorique mais ça finit par être lassant.

Parfois je me dis que je devrais envoyer mon témoignage aux pages *Vécu* de *Marie-Claire*. Y a un tas de trucs à raconter. C'est un créneau porteur. C'est vrai, quoi. Pourquoi les femmes de philosophes ne témoignent jamais dans la rubrique *Vécu* de *Marie-Claire*. C'est pourtant pas les anecdotes qui manquent. Des épouses de politiciens mis en examen, de dentistes zoophiles, d'épiciers pétomanes, d'aventuriers atteints de peste bubonique, d'employés de banque qui se déguisent en bergères bavaroises les nuits de pleine lune, ça y en a plein. Mais de femmes de philosophes que nenni.

Peut-être qu'en fait c'est parce qu'ils n'en

n'ont pas, de femmes, les philosophes. Faut dire qu'il faut se les farcir, avec leurs questions éthiques au p'tit dej, leurs tirades hégéliennes quand on a le malheur de leur demander si on commande plutôt un supplément anchois ou double fromage à Pizza Hut, et leurs considérations sur l'Être et le Néant au rayon traiteur du Shopi. Ou alors c'est peut-être que s'ils en ont, des femmes, les philosophes, ils les empêchent de lire *Marie-Claire*. Sous des prétextes fallacieux. Ça va de soi. Car comme chacun sait, rien n'est plus fourbe qu'un philosophe. Si ce n'est un bidet, je vous l'accorde.

Ils sont experts en désinformation et activistes en chantage. Ils agissent en obscurantistes. Et prêchent pour affoler les masses. Font de grands soliloques d'un absolu lyrisme sur le terrorisme hystérial véhiculé par les chroniques de mode, dont le pouvoir occulte pousserait à l'anorexie jusqu'aux créatures de Bottero. Déblatèrent avec fougue sur l'inévitable déflagration neurologique guettant chaque lectrice assidue. Sur les dangers du mimétisme qui transforme en quelques années une charmante créature en divorcée aigrie couverte de bigoudis trouvant l'ultime refuge dans les papattes poilues de Kiki le yorkshire et les bienfaisants effluves du chouchène. Alors qu'il est quand même de notoriété publique que sans *Marie-Claire*, la femme moderne serait bien embêtée. La preuve, c'est qu'il y a peu de chance qu'elle devine toute seule que cet hiver il faut porter des tongs avec un manteau de fourrure et un bonnet péruvien, aller au bureau en trottinette, pratiquer la fellation avec des glaçons dans la bouche, laver son nourrisson au lait de chèvre, et cesser sur-le-champ de servir des brocolis à ses invités, sous peine de faillir à la macrocéphalie féministe spongiforme ambiante.

Peut-être aussi que c'est parce que s'ils en ont, des femmes, les philosophes, ils les enferment dans un placard, et que c'est pas très pratique de lire un magazine, même féminin, dans un placard. D'autant qu'il est rare, en dépit de l'indéniable augmentation du niveau de vie des sociétés occidentales depuis les Trente Glorieuses d'y trouver une quelconque installation électrique. À moins qu'ils ne les poussent au suicide en les forçant à nager avec des poids de dix kilos attachés aux chevilles pour leur apprendre la différentiation entre l'Être et l'Étang. Ou en les forçant à ingurgiter l'intégrale de Nietzsche en version originale et pourquoi pas dans un placard avec une lampe torche tant qu'on y est.

Parce que les bonnes femmes, c'est bien connu, ça ne comprend rien à l'*Aufheben*. Ni à l'allemand. Surtout quand on a fait espagnol deuxième langue à l'époque où on pouvait lire ailleurs que dans le placard.

Donc, les gonzesses, c'est un fait, ça n'entend rien à rien, et ça confond Hegel avec un communiste, Zarathoustra et Sankookaï, et ça ricane à table surtout si y a du monde que Platon c'était rien qu'un pédé.

Par contre ça fait très bien la tarte au citron meringuée.
Oui mais voilà : pour réussir parfaitement la tarte au citron meringuée, il faut avoir recours aux fiches cuisine de *Marie-Claire*. Aussi, on prendra soin de noter le paradoxe.

Les femmes de philosophes doivent tragiquement ne servir à rien. C'est pour cela qu'au lieu des bégonias elles cultivent l'aporie. À moins d'avoir un amant pompiste. Mais toutes n'ont pas cette chance. Elles ont alors pour seul recours les cubis de Villageoise, l'inhalation de sticks de colle, les Tranxènes 10, ou pour les mieux loties un rôle dans le prochain Rohmer.

★

« Chais pas si y a un rapport direct, tu vois. N'empêche que depuis que Martial m'a enculée hier j'ai la chiasse putain c'que j'ai la chiasse. »
Sophie B.,
Conversation téléphonique
mercredi soir.

« Qu'un ami véritable est une douce chose. »
                    Jean de L. F., *Fables.*

★

Un clinamen n'en est plus un s'il se répète.
Encore. Toujours. À l'infini. Ce n'est plus rien
qu'une mauvaise blague. Et je n'ai aucun sens de
l'humour.

Ça ressemble à une habitude. Alors. Une habitude. Comme un refrain dans une chanson.
Que l'on connaît plutôt. Par cœur. Et malgré
soi. Comme un refrain dans une chanson. Avec
un couplet bien bancal. Qui se casse la gueule.
Et titube. Se gamelle sur les enjambements. Avec
des rimes à la dérive. Et des paroles profondes
comme des flaques d'eau. Ça tue ça broie. Ça
assassine. Surtout que ça manque de relief. De
cruauté. De romantisme. De Werther défroqué
dans la dramaturgie.

Déflagration échaudée. C'est comme une
bonde qui s'ouvre au creux du lavabo. C'est aussi
bête que ça. Un glouglou qui s'évide. En peignoir répéter un qui c'est c'est l'plombier *cacatoès cacatoès.* Et *la boue est faite de nos pleurs* je sors
les bottes en caoutchouc. J'éteins la lampe de
chevet. Mon corps désert. Je le repeuple de rêves
au parfum Témesta. *Dans la maison vide dans la
chambre vide tralalala* je gobe les cachets bico-

lores. Sans misérabilisme. Ni conviction. D'ailleurs. Juste pour oublier que c'est bientôt l'aurore (et qu'il va falloir sortir la poubelle).

★

Il n'a même pas trente ans. Et le démon de sept heures moins le quart. Donc. Je ne vois que ça. Et je ne suis pas la seule. Être autant en même temps c'est parfois rassurant. MAIS N'EN PROFITEZ PAS POUR LA RAMENER.

Les hommes c'est très bizarre et plutôt inquiétant. Ça s'en va à Paris. Pour régler des problèmes. Ça vous revient un soir. Trois jours sont écoulés. On se dit que trois jours c'est rien trois jours. Mais alors rien du tout. Il est tard. Le vin est trop chambré et les lésions dangereuses. Car paraît-il soudain. Et pas l'été dernier. Le Monde tourna cher ange. Les temps changent. Quoi en dire. Oui bien sûr des années. Mais quoi hein je te dis qu'il tourne. Le Monde. Mon cher ange tu m'écoutes. Renifle pas moi j'y peux rien. J'ai réfléchi toute la journée. Les Kleenex sont sur la cheminée. Ça me fend le cœur, eh peuchère. Mais que veux-tu. Que veux-tu. *Ce n'est pas de ma faute.*
Synopsis et conjonctivite : Ainsi me voilà reléguée au placard. À rendre Labiche lui-même claustro.

90

J'ai mal dormi la nuit et puis je t'ai quitté. J'ai dit je garde le chat pour être ridicule. J'ai dit kyrielles d'insultes vomissures refoulées *Pauvre petite fille sans nourrice arrachée du soleil.* Pleutre fanfaron paltoquet incrédule face au baluchon *Il pleut toujours sur ta valise t'as mal aux oreilles.* Tu as souri. Et puis radieusement sournoisé pulsion de fuite *Tu zones toujours entre deux durs entre deux S.O.S.* Et là oh oui je t'ai haï *Tu veux jouer ton aventure mais t'en crèves au réveil.* Comme je t'ai soudain détesté toi le lâche le lâche le lâche Garcin le lâche broyant mon vital appendice d'une poigne infanticide. Parce que alors vint le vide LE VIDE RÉAGISSEZ *Oh mais laisse allumé bébé y a personne au contrôle* PERSONNE...

J'ai repris mes esprits et le train pour Paris. Je suis descendue à l'hôtel des Lilas où je n'avais pas mes habitudes. J'ai laissé un message ou deux ou dix sur le répondeur. Tu n'as pas décroché. Tu étais avec elle. Tu m'avais BIEN PRÉVENUE.

J'ai attendu on ne sait trop quoi. Un miracle ou l'Armageddon. Accoudée à l'insalubrité de la lucarne j'ai eu un rictus de pitié en réalisant que je simulais un assommant incipit. J'ai fumé et j'ai bu. Sans y trouver l'ivresse ni le cancer du poumon. Lamentable et classique. Bovary pacotille. Pénélope DMC. Alice au pays des écueils. Tohu-bohu Charivari.

Je me suis masturbée vainement. Je suis sortie à moitié nue effondrée à l'entrée de l'immeuble. Je me souviens qu'un passant a déposé à mes pieds une pièce de dix francs un ticket restaurant. Paris est plein de ces petites méprises. Là, j'ai longtemps pleuré. Des larmes acides. Pour m'enlaidir exprès.

Au matin j'ai d'abord attendu. Et puis encore un peu. Pour finir un chouia. Un autre soir est venu. Se mêler de ce qui ne le regardait pas. Avec pour corollaire le lancinant chuintement coryphée pleurésant la raison qui s'émiette. Je suis allée au fond des bars. J'ai parlé à des inconnus. Il me disait que j'étais belle. Qu'il m'attendrait toute sa vie — *Hélas la bague était brisée.*

J'ai songé au sommeil. Et à tous ces réveils charbonneux et fétides. Comme toujours l'infirmière qui me dit vous êtes jeune et jolie il ne faut pas vouloir mourir. Je lui ai demandé avez-vous lu Apollinaire et de l'eau s'il vous plaît merci — *Hélas la bague était brisée.*

J'ai passé des nuits blanches et des jours cramoisis. Front collé à la vitre douleur grondant au sein. J'ai repensé au jour lointain. Je regardais partir l'ambulance. Mon pied nu se gelait. Et j'ai fredonné la chanson. Je savais que c'était fini.

Mais on m'a dit d'être patiente. D'être patiente

en attendant. J'avais des nattes. J'avais neuf ans. J'ai attendu. J'attends encore. Peut-être aurais-je dû demander alors ce qu'il fallait attendre EXACTEMENT.

Et encore l'infirmière qui me dit vous êtes jeune et jolie il ne faut pas vouloir mourir. Je lui demande avez-vous lu Apollinaire et s'il y a prescription pour les orphelines.

Je jette ma bague au caniveau. Peut-être y verra-t-elle la lune. Je suis une princesse en exil. Une héritière de cécité. Un sceptre en pécari en guise de cochonceté. MAIS J'AI PLUS PEUR DU LOUP.

J'ai marché dans les rues. Évité nos amis. Pris un appartement. Vomi à satiété. *Le reste n'est que littérature.*

★

Plus tard. Pas trop mais un peu plus. Tes yeux céruléens vidangeaient le blasphème. Tu m'as dit pourquoi mais pourquoi faire la pute. Il me semble que j'ai ri. Partition triples croches. Mélodie noctambule en éternel retour. Pas sur les lieux du crime. Et maintenant c'est ailleurs. Car il y a plein d'ailleurs pour les putes. Il n'y a même que ça en y regardant bien.

Alors j'ai soupiré. Ce n'est pas à cause de moi tu as demandé CE N'EST PAS À CAUSE DE MOI IL

DEMANDE. J'ai répondu que non que ça n'a rien à voir. C'est ce que tu voulais entendre n'est-ce pas C'EST JUSTEMENT CE QU'IL VOULAIT ENTENDRE POURQUOI GARDER ENCORE je ne veux pas qu'il voie la fiente bouillonnante de l'ulcère magma spongieux POURQUOI TU je ne veux pas qu'il LES GLAVIOTS PURULENTS ON LES LUI SERVIRA EN SALADE COMPOSÉE SANIE JUTANTE DE TES NEURONES IL FAUT CESSER IL FAUT CESSER PUDIBONDERIE VERSATILE SAUVEGARDANT SON SOMA IL A POURRI LE NÔTRE.

Je n'ai plus envie d'être contrariante. D'autant que je n'ai plus envie de quoi que ce soit. On n'est pas pute *à cause* de quelqu'un ou de quelque chose. On le devient justement parce qu'il n'y a ni cause ni rien ni personne. Aucune téléologie possible. Chacune sa Rédemption. Et restons respectueuses.

Puisque tu n'as plus voulu de moi. Plus voulu voir ce corps à tes côtés. Ce corps qui te pèse et t'encombre. REFUSE DE VOIR se flétrir flétrir et flétrir se rider se dessécher se flasquer se peau d'oranger se celluliter. Non. Tu n'as pas voulu admirer le prosaïsme de ma décrépitude. T'abonner au spectacle de mon érosion à venir. Rejeté la chronique putrescence annoncée. Désintéressé radicalement de mon improvisation en attendant la mort. Alors. Je monnaie à bon prix car la bidoche est fraîche un peu nerveuse mais tendre si tendre qu'on y pénètre comme dans du beurre mon cul mon sexe mes seins mon ventre mes cuisses mes reins ma bouche ma langue ma voix mes veines et autres composantes à la carte car on le dit suffisamment l'homme fantasme toujours en morcelé puzzle. Pour qu'un autre d'autres tous les autres me pétrissent malaxent et fassent du talc de mes os *Poussière, tu redeviendras poussière.* Pour qu'un autre d'autres tous les autres m'abîment et accélèrent mon vieillissement. Pour qu'ils se régalent au banquet carotide jugulaire ricochées. Adieu veaux vaches cochons sang tiédeur et jeunesse. Qu'ils s'en gavent à crever. Et abrègent l'agonie. Me laissent écartelée décalcifiée à vif démembrée au carreau. Marie-Madeleine sourit au milieu du vitrail.

Je voulais juste qu'on se regarde. Chacun. Tout à chacun. Avec confiance et carmagnole. Je voulais juste qu'on se regarde. QU'ON SE REGARDE PUTAIN C'ÉTAIT QUAND MÊME PAS DIFFICILE. Qu'on *s'accompagne,* voilà le mot. Tu préfères donc changer d'escorte. Moi je fais amuseuse publique. Bozo le clown en porte-jarretelles et Wonderbra. Riez ce soir car c'est la fête. Profitez-en CE SERA PAS TOUS LES JOURS.

★

C — Les jours ne sont plus beaux et puent la fin de partie. Alors je crie rideau en croquant des carottes. On m'a dit de ne jamais parler la bouche pleine. On m'a rien précisé pour ce qui est des beuglements.

C1 — Tous les matins s'égrènent.

C2 — Tous les matins du monde.

C3 — Prozac et confiture. Toujours le même p'tit dej.

C — Moi en fait je m'en fous des matins.

C2 — Elle ne les voit jamais.

C3 — Elle se lève à midi.

C1 — Ça nous laisse de la marge. Mais elle nous brise quand même les ovaires avec sa musique de vieille fille.

C — Je ne les vois jamais. Je me lève à midi. Je mets un disque et pleure.

C3 — Elle s'abîme à foison.

C2 — Ça va nous coûter cher.

C1 — Elle s'affale sur son lit se recroqueville jusqu'à la crampe et essaie d'arrêter son cœur.

C — Je m'affale sur mon lit me recroqueville jusqu'à la crampe et essaie d'arrêter mon cœur.

C3 — Aussi loin que je me souvienne je ne me suis jamais laissé faire.

C — Jusqu'à présent ça marche pas trop.

C1 — C'est bien la peine que je me fatigue.

C — Je vais droit au miroir.

C2 — Il faut bien s'occuper.

C — Alors je dis : JE SUIS.

C1 — Ergotages môme néant.

C — Parfois je dis : HISTOIRE.

C2 — Hors-jeu révisionnisme Stilnox vaseline et enfants de chœur.

C — BI-O-GRA-PHIE.

C1 — Souvenirs en solde au mont-de-piété.

C3 — Je suis née dira-t-elle, j'essaierai de l'aider.

C — Je suis née. Ce qui constituait déjà en soi une grossière erreur.

C3 — C'était un quatorze juillet.

C1 — On est sorties à la lumière des lampions et du bloc opératoire.

C — Je suis de ces enfants engendrées par erreur un samedi en vitesse au fond d'un aquarium. Si quelqu'un est fautif je ne sais toujours pas qui. On a fini par me convaincre que c'était moi. Et je n'ai plus envie de savoir. C'est ma seule certitude. À toujours être le bec dans l'eau j'ai appris à nager.

C3 — Laissez-moi donc la place. Ça va dégénérer.

C1 — Attends ton tour et ferme-la.

C — Je n'ai jamais connu l'amour. Même pas de nom. Et finalement je m'en passe bien. Surtout depuis qu'on m'a dit que c'était sucré. Ça m'aurait filé du diabète.

C1 — Au moins à la maison elle aura gardé la ligne.

C3 — Séquelles jusqu'aux lombaires d'une enfance décatie.

C2 — Choco BN diabolos menthe touillés au nerf de bœuf.

C — Mes parents étaient très maniaques. Jamais rien ne traînait. Chaque chose avait sa place. Les assiettes sur l'étagère de gauche. Le beurre au Frigidaire. Et moi dans le placard du fond. Celui où il faisait noir. Enfin, quand j'étais petite. Après j'y entrais plus.

C2 — Bien sûr, on peut pas dire que c'était facile.

C1 — Mais RIEN n'est facile pour PERSONNE.

C3 — Mais enfin laissez-moi PASSER.

C — Évidemment, moi aussi j'ai ma part de responsabilité à défaut du gâteau. Je n'ai pas toujours été sage. Une fois j'ai mangé des fourmis. Maman m'a vue. J'avais cinq ans.

C3 — Elle se parle d'un temps que personne à vingt ans ne pourra reconnaître.

C1 — Pour punir, les parents accrochaient leurs enfants aux rebords des fenêtres.

C — Pendant des jours combien de jours elle ne m'a pas donné de nourriture, puisque j'en trouvais bien toute seule. Heureusement, des fourmis, y en avait plein le placard. C'était pas mauvais, les fourmis. Ça craquait un peu sous la dent. Et puis ça chatouillait la langue. Mais par contre ça faisait maigrir. En plus ça faisait un effet bizarre, les fourmis. Presque agréable, en fait. Quand on me sortait du placard parce que c'était au tour du chien, si je venais d'en manger et que je restais longtemps debout, ça faisait plein de lumières blanches qui tournoyaient comme dans une fête. En tout cas, c'était tellement joli que je me laissais aspirer et que je finissais toujours par tomber dans le grand tourbillon. Ou dans les pommes, selon vos références. Du coup, on me rangeait. Et ça c'était pas très marrant parce que avec le chien on était drôlement serrés.

C2 — Ça tenait chaud les soirs d'hiver.

C3 — Il faut se concentrer pour qu'elle pense à autre chose.

C1 — Ça sera du même registre. Elle prend où elle le PEUT. Et ne peut pas grand-chose. Et moi ça me distrait.

C — Le chien, il était gentil. Il sentait pas très bon, mais moi je l'aimais bien. En plus il se retenait de pleurer quand papa lui donnait des coups de tabouret. Moi, j'en ai jamais été capable. Un jour, je rentrais de l'école, je l'ai trouvé dans la cour de l'immeuble. Il était tout ouvert à la tête et il ne bougeait plus du tout. Il y avait un tas de mouches sacrément culottées qui s'agglutinaient dessus comme si c'était chez elles. Je me suis approchée. Il sentait encore plus mauvais que d'habitude. N'ayons pas peur de dire qu'il puait franchement. C'est le monsieur du rez-de-chaussée qui l'a tué d'un coup de fusil à pompe. Il est venu s'excuser à l'apéro. C'est vrai qu'il a pas fait exprès. C'est le gamin du cinquième qu'il visait. Mais c'est pas très précis, un fusil à pompe. Même quand on a fait l'Algérie.

C3 — Elle va baisser les yeux s'accroupir et pleurer. Et je n'y pourrai RIEN.

C2 — Elle se dira pleurer toutes les larmes de mon corps pleurer pleurer pleurer. Mais toutes les larmes de son corps ça fait combien.

C1 — Elle ne pourra le calculer.

C2 — Elle se dira comme ce vieux soir que peut-être c'est possible qu'il faudrait essayer oui au moins essayer de S'ESSORER DE L'INTÉRIEUR UNE BONNE FOIS POUR TOUTES. S'essorer une bonne fois pour toutes s'essorer une bonne fois pour toutes s'essorer une bonne fois pour toutes s'essorer une bonne fois pour toutes s'essorer une bonne fois pour toutes s'essorer une bonne fois pour t

o
u
t
e
s

C4 —	Et	— C11
C5 —	après	— C12
C6 —	on	— C13
C7 —	sera	— C14
C8 —		— C15
C9 —	tranquilles	— C16
C10 —		— C17

C — Peut-être qu'au fond tout au fond d'elle elle m'aimait quand même un petit peu. Un tout petit peu quand même. Ma maman.

★

Maintenant,
la nuit,
je m'appelle Daphné.

★

La fenêtre bordel la fenêtre. Du troisième on peut pas se louper c'est statistique. Rien qu'à voir comment elle écarte tout grand ses battants on ressent l'indécence sans appel de l'invitation. Happée. Tentante comme un orgasme samplé *ad libitum.*

Vas-y mais putain vas-y penche-toi sombre connasse. Qu'est-ce qu'il m'a dit au fait les mots exacts JE VEUX LES MOTS EXACTS avec son sourire suffisant sa saleté sournoise sa lâcheté d'homme comme eux seuls peuvent la faire sortir cracher la phrase concise la formule sèche et assassine et tourner bientôt les talons les émasculer voilà c'est ça qu'est-ce qu'on attend depuis des siècles se faire mettre engrosser et finir sous Prozac LES ÉMASCULER À LA PELLE la solution finale je dis UN HOLOCAUSTE DE TESTICULES des fosses débordantes de bourses flasques et eunuques à la queue leu leu.

Respire un coup, ma fille, ça va passer. Non ça va pas passer trop facile et moi avec ma logorrhée clitoridienne immaîtrisable TU PARLES PAS TU VOMIS défense déloyale si seulement j'arrivais à le haïr pour de bon. LA DÉLIVRANCE PASSE PAR LA FENÊTRE JE RÉPÈTE LA DÉLIVRANCE PASSE PAR LA FENÊTRE. Ah ça y est ça me revient : *Préserver son bonheur et savoir m'effacer. Étouffer le pathos. Me taire et m'effacer.* Et devant son amour chanter youkoulélé tant qu'on y est sale charogne. POUR BIEN FAIRE SAISIR LES TESTICULES PAR LE BAS D'UNE MAIN FERME ET TRANCHER D'UN COUP SEC. Ça vire à l'obsession. Si je puis me permettre. Non toi tu fermes ta gueule. Désolée. Je disais ça juste en passant.

NE CHERCHE PAS À SAVOIR POURQUOI COMMENT TOUT ÇA A COMMENCÉ. Ça n'a rien d'un joli paradoxe. C'est toujours toi qui t'égratignes. Juste ton pourcentage d'inné qui galope sur l'acquis. On te dit. Ça ne sert à rien de lutter. On a pas de mémoire *in utero*. À part l'overdose wagnérienne et l'odeur des moules frites. C'est une certaine Idée de la réminiscence. Demoiselle de Rochefort en exil à Bayreuth. Mycoses et grottes profondes. C'est qu'il ne faut pas croire, mais même les Walkyries s'arrêtent des fois pour boire un coup dans les buvettes des aires d'autoroutes. C'est pour ça que les parias aiment autant les hélicoptères. Y a peut-être pas de sot métier mais tous les ânes s'appellent Martin. Avant d'avoir la clope au bec t'avais une cuillère en inox.

C'est pas le vertige qui me fait hésiter. Le vertige c'est crédible en tailleur gris chignon et talons hauts. C'est pas moi qu'ai lancé la mode. J'ai juste le droit à l'agoraphobie. Et encore. Ça dépend de l'heure. C'est pas le vertige je dis LE VERTIGE qui me fait hésiter. Non non non non non même pas vrai. À peine la bienséance des parvenus. Et puis le poids plume d'Arlequin *dans sa boutique sur les marches du palais fait écouter sa musique à tous ses petits valets.* Le chamarré de son costume *oui Monsieur Po.* C'est important. Capital quand on tombe du troisième étage, le chamarré du costume *oui Monsieur Li.* C'est plus seyant *oui Monsieur Chi* pour les voisins d'en face *oui Monsieur Nelle* qui jouent au tarot en terrasse. *Oui monsieur Polichinelle.*

J'y comprends rien et j'en ai marre. D'accord dans ma maison y a pas d'oiseaux qui chantent. Mais aujourd'hui c'est vendredi et j'voudrais bien qu'on m'aime. ET J'ARRIVE TOUJOURS PAS À CREVER L'OREILLER. Peut-être que je suis obsolète. Que je n'ai pas dix ans. Que je suis fatiguée. En tout cas ce qui est sûr, c'est qu'il y a UNE

COUILLE dans LE POTAGE.   J'aime pas la soupe.
T'es pas couchée à cette heure-ci tu te fous
du monde ou quoi? Est-ce que quelqu'un veut
bien prêter un tant soit peut d'attention à cette
dépression nerveuse parce que j'aimerais bien
pas être la seule à gueuler ici. D'autant que j'ai
les cordes vocales fragiles et que je tombe de
sommeil. Et puis qu'en plus personne m'écoute.

LAISSE MIJOTER TON CERVEAU HÉMISPHÈRES EN
PÉTONCLE   PAUVRE GOURDASSE. Tribunal crustacés en bouillon il a il a il a oui je sais toi t'aimes
pas la soupe mais ça fait deux plombes que tu
devrais être au lit. Joli plongeon aux écrevisses
serrer la pince aux crabes à défaut d'attraper le
cancer. Bisque velouté leucémique abrégeons
enfin ABRÉGEONS. Tu crois peut-être que ce sera
utile. Qu'il aura des remords. Depuis le temps
qu'il t'a pas regardée il serait même pas foutu de
te reconnaître à la morgue. C'est ça les grands
intellectuels ma fille. À force de citer Spinoza
jusqu'aux préliminaires faut pas s'étonner d'avoir
du mal à lubrifier. La prochaine fois, prends un
expert-comptable. C'est disponible en semaine
après dix-neuf heures trente, sans compter les
week-ends. Bien sûr faut passer ses vacances à
faire du VTT à Center Parc, mais ça a l'avantage
de ne pas disserter sur la pensée fractale à quatre
heures du matin. Valérie en a essayé un, d'expert-comptable, et elle en est vraiment contente.

Il lui a même réparé son chauffe-eau. IL N'Y AURA PAS DE PROCHAINE FOIS PUISQUE. Et c'est reparti. Mais bordel de Dieu de merde jamais elles se la ferment un peu pour voir celles-là non mais sans blague. Moi j'ai fait mon boulot. Bah moi aussi mais ça donne rien. À part la migraine. Mais non t'y es pour rien c'est la rhinite ça bouche les sinus grave la rhinite t'avais pas remarqué. Moi non plus je croyais que c'était à force de saigner du nez en se mouchant. T'es certaine que c'est pas plutôt un problème de ALLEZ VAS-Y SAUTE t'inquiète pas pour lui pauvre truie on trouvera bien quelqu'un pour aller te reconnaître. Tu crois qu'ils les collectionnent les macchabs. Si c'est pas lui qui se déplace au pire on enverra ta mère. MAMAN EST MORTE LE 30 JUIN 1983 ET JE SUIS ORPHELINE. C'est vrai putain que j'ai plus de mère, moi. J'avais complètement oublié. Ça doit être encore un coup à la con ramollisse-ment Xanax Atarax Lyxantia Lexomil Rohypnol Témesta 5 Tranxène 10 Prozac et Survector. À force de me faire gober des potes de Goldorak mon psy va finir par légèrement perturber mon équilibre psycho-émotionnel. Je devrais peut-être lui en toucher deux mots mardi. Quoiqu'il me semble, tout bien réfléchi, que ce trouble ponctuel décèlerait une certaine et néanmoins violente réminiscence de mon angoisse existen-tielle intra-utérine, qu'il serait fort judicieux d'élucider lors de ma prochaine thérapie de groupe à la clinique, afin d'en conjurer factuellement les QUAND TU AURAS FINI DE JOUER LES MIREILLE DUMAS on pourra peut-être passer aux choses sérieuses. Seigneur qu'est-ce qu'elle est chiante. Et têtue on dirait grand-père. Pas du tout il était chouette, Papy. Toi la fayote, ça va. Du moment qu'on te file pas de torgnole tu trouves tout le monde formidable.

Il faudrait au matin garuler l'épitaphe sachant emmousseliner morale si légendaire : Par ses amours jaunies la jonquille à pois noirs arachnéa son miracle et ses roses flétries aux sanglots de la terre. Vaut mieux laisser à d'autres ce genre de collations. Que veux-tu. On est pas toutes des Salomé. Avec ou sans les loups. Mouche ton nez et laisse tomber les saints Jean-Baptiste. La guillotine est abolie depuis quatre-vingt-un. Et puis arrête de te tortiller avec ce rideau tu me donnes le tournis.

Les coudes s'écorchent au crépi. Le plâtre farine par petits bouts. Érosion du revêtement blême. Excoriations âmes surannées. C'est MON vertige qui me fait peur. Éblouissement en vert-de-gris et contre tout. Étourdissement sous l'aquilon *dans un pays de tous les temps* égarement viride *c'est la plus belle des abeilles* qui bourdonne en coton céladon *que l'on ait vue depuis longtemps s'envoler à travers le Ciel.*

Je suis à la fenêtre. Comme certains à l'usine. Aliénation corrosive. J'attends je ne sais quoi. Une sorte. Peut-être de. Kaléidoscope. Qui m'émietterait tant de moi-même que je n'en aurai plus cure. C'est cela. Peut-être. Exactement. Autoscopie frauduleuse. Ce corps qui est le mien je n'en aurai enfin enfin plus pour de vrai LA RESPONSABILITÉ. Je le regarderai. Éhonteusement mordu. Griffé boursouflé grimaçant. J'attendrai bien sagement le vernis de la corruption. Qui donne du patiné aux chairs et aux cernes l'amour des fleurs bleues. Je ne souffrirai pas. Cela sera impossible. Ce sera si facile. Tellement facile. Doux et léger. Duveteux comme un poussin d'argile émoussé en saison des pluies.

Une mélodie en rez-de-chaussée. Aimez-vous Brahms et l'heure du thé. Plus rien d'autre que de l'hydrophile. Spongieuse et détrempée de larmes je me ferai fruits déconfits madeleine cannelle amphibie. Je rangerai méticuleusement ma mémoire. Dans de petites boîtes en carton. Numérotées très soigneusement. Ou bien par ordre alphabétique. Il y aura des précautions à prendre. Pour éviter les embêtements. Les ficeler à craquer la corde. Les cacher des petits enfants. Poser une étiquette *Fragile* pour être sûre qu'on les laissera tomber.

Un jour peut-être. C'est cela. Peut-être. Un jour. Quand je serai bien vieille, le soir à la lueur de l'ampoule électrique. J'irai dans un grimoire rechercher la formule. Je ne jurerai plus. J'aurai passé et dépassé l'âge de la grossièreté. Comme du reste. Il faut savoir montrer l'exemple. Je rentrerai avec la délicatesse infinie d'une hysope bruissante au sous-bois. Je. Peut-être. Je. Dans ce corps affadi mais enfin moelleux et confortable. Je. Me retrouverai. Il ne me restera que quelques heures. Que quelques heures à voir s'ébrouer mes poumons. Et ce sera tant mieux. Mon corps aura rempli ma vie à ma place. Des visages inconnus et pourtant familiers se pencheront sur ma couche. Ils ne réciteront pas Verlaine mais s'engueuleront sur l'héritage.

J'ouvrirai mes cartons avec de grands ciseaux. Atropos est prêteuse, parfois un peu usante mais jamais usurière. Je collerai les morceaux en désordre. Mosaïque naïve chatoyante. Tout me sera indifférent. À part mon sens de l'esthétique. Je sourirai. Peut-être. C'est cela. Je sourirai. Puis soudainement dans un spasme incongru ignoble prise de convulsions effrayantes les yeux me tomberont des orbites rebondissant au pied du lit je vomirai des hectolitres de bile gluante et de sang noir ma peau craquellera découvrant des métastases cavatines des veinures violines inédites et je hurlerai les nerfs hirsutes mon rire vrillant en contorsions sur le dernier tube à la mode. Parce que c'est bien connu : chassez le naturalisme, il revient au galop.

Mais ça ne sera pas possible. Coquille de noix et farfadets. Des aphtes et des cauchemars, en somme. Pourtant ça n'était pas si bête. Ce n'est pas l'heure de faire les contes. Le chat s'est vautré du perchoir. Delphine tapine place de l'Étoile. Marinette a fait une O.D.

Et le vertige revient, c'est toujours le dernier. Être vide à ce point. Saignée à blanc de soi. Noyau creux dans le noyau dur. Datation présumée de l'absence *in corpo* : embryon courant d'air fillette enculée jusqu'à la glotte Zéphyr est pédophile il vaut mieux SE MÉFIER.

Angines blanches à répétition. On dit : « *Elle* a la gorge fragile. » *Elle* est donc étranglée d'écharpes qui lui grignotent le cou de septembre à avril. Angines blanches à répétition. Lorsqu'elle parle ça fait appel d'air. La luette clochette rythmiquement *vive le vent vive le vent vive le vent d'hiver.* Les ganglions se prélassent. Et se gaussent du Locabiotal.

C'est drôle d'être vide à ce point. Introspection du rien en moi Franchement, vu comment on est serrées elle est vraiment de mauvaise foi. Vois jolie môme tu n'ES personne. C'est cartésien. Va cogiter si tu peux. Et tant que t'y es tends le bâton rompu pour te faire battre.

Mijaurée mélassée stérile. APOLOGIE VIVANTE DU NÉANT ABSOLU.

La foire aux carcasses creuses est ouverte, APPROCHEZ ! Approchez messieurs-dames voyons n'ayez pas peur vous pouvez la palper ça c'est de la barbaque avec un cul j'vous dis pas oui elle a toutes ses dents juste quelques plombages elle sera du meilleur effet dans votre salon et en cas de réception elle tient très élégamment le plateau de petits-fours elle sait aussi rire bêtement en remuant des cils si d'aventure un clone de Séraphin Lampion se trouve parmi vos convives agrémentée de quelques guirlandes lumineuses elle fait un excellent sapin de Noël d'autant qu'elle connaît une quantité de cantiques c'est du meilleur effet et ça distrait les gosses APPROCHEZ JE VOUS DIS un modèle unique en son genre d'une utilisation simplissime. Une paire de claques et vous pouvez partir en week-end tranquille elle a une alarme intégrée directement reliée à l'hôpital psychiatrique du quartier un coup sur la tête et hop elle vous danse la mort du cygne debout sur le sofa c'est mieux qu'au cinéma un spectacle permanent omettez sa pilule du soir rigolade assurée elle vous amusera follement de ses sautillements guillerets et de ses grimaces désopilantes ambiance garantie elle peut aussi parler toute seule très longtemps cuisiner un poulet au curry se suicider tous les trimestres se déguiser en Barbapapa ne pas se nourrir pendant quinze jours vomir sur la personne de votre choix repriser vos chaussettes se taper la tête contre les murs jusqu'à se péter l'arcade sourcilière répondre au téléphone LA SEULE CHOSE QUE JE SAIS BIEN FAIRE C'EST LES PIPES, ET ENCORE DEPUIS QUE L'ON M'A ENLEVÉ LES AMYGDALES.

Au fait, peut-être que je devrais quand même passer un peignoir, histoire que les pompiers ne me retrouvent pas la tronche écrabouillée mais les fesses à l'air.

Le corps fut découvert samedi vingt mai vers deux heures trente.

Les obsèques auront lieu mardi vingt-trois mai à dix heures quarante-cinq, à la chapelle Sainte-Anne-d'Espérance. La cérémonie funéraire s'achèvera au cimetière des Batignolles, afin de rendre un dernier hommage à la défunte.

Les lambeaux sanguinolents de la suicidée de service furent heurtés vers deux heures et demie samedi par le scooter d'une adolescente de seize ans, alors qu'elle se rendait au domicile familial après une petite sauterie entre amis. Ce qui lui valut une fracture du ménisque, le rachat d'une paire d'escarpins Free Lance, ainsi que cinq années de psychothérapie, durant lesquelles elle découvrit, grâce à la ténacité de son analyste, qu'elle avait été livrée, à l'âge de six mois, aux attouchements suspects du teckel à poil dur de son oncle, répondant au nom de Bigoudi (le teckel, l'oncle c'était Dédé). Suite à cette bouleversante révélation, la jeune fille choisit de fuir à jamais la décadence de cette société moderne, où le lobby de la SPA rôde tel un spectre hugolien. Elle s'intégra dans une sympathique communauté beatnik du Luberon, dont les principales activités consistent en la concoction de fromages de brebis, la fabrication de tongs en osier, l'apprentissage de l'art complexe du macramé, et le culte du dieu Zorglobe, entité crystoastrale de la planète Xyploub, venue sur Terre afin de sauver une poignée d'élus de l'Apocalypse, grâce à un rituel de purification intertemporel, résidant en l'introduction quotidienne d'une botte de poireaux transgéniques dans l'orifice anal des fidèles.

L'exhibition collective de la douleur des proches et des voisins de palier aura lieu dans les délais autorisés quant à la conservation du cadavre, d'autant que le système de réfrigération des locaux concernés commence à être défectueux, puisque les crédits manquent, que le maire s'en fout, que le préfet s'en branle, et que le ministre de la Santé publique ira moins faire le mariole à la télé quand il se retrouvera avec une grève générale de toutes les morgues de France, que ça puera la charogne partout, que la peste fera sa réapparition, décimant tout le pays, toute l'Europe même les Suisses parce qu'il y a pas de raisons, et le monde entier pour finir. Et l'intelligentsia aura beau lire du Artaud sur France Culture, tous les humains crèveront dans d'atroces souffrances, sauf, on se demande bien pourquoi, les personnes dont les hémorroïdes excéderont les cinq centimètres de diamètre.

Une messe, dont quatre-vingt-dix-huit virgule neuf pour cent de l'auditoire sera composé d'athées en tous genres, mais dont les effluves d'encens et l'interprétation des hits de l'Église apostolique par la chorale de la maison de retraite Beausoleil feront frissonner les échines et picoter les yeux, sera suivie par la libation du cadavre aux vers blancs, dans une atmosphère de conviviaux larmoiements. Le déroulement des festivités se devra néanmoins d'être géré de façon à pouvoir passer à table à une heure décente.

Parce qu'il faut bien se rendre aux faits :

APRÈS le déjeuner qu'il est bon Mamie ton rôti de veau eh oui tout le secret c'est le fond de sauce moi j'aime mieux sa blanquette mais si Richard reprends-en c'est vrai quoi faut pas se laisser abattre alors tu vois tu prends les oignons comme on dit la vie continue moi mais attention quand ton oncle Henri nous a quittés tu les coupes très trrrrès fins les oignons j'ai cru que je m'en remettrais jamais dans un sens c'est mieux pour elle et puis je suis allée au Club Med et les haricots et puis j'ai rencontré Gégé ça comme on dit elle allait pas bien dans sa tête un boute-en-train ce Gégé personne veut les finir les haricots alors là tu rajoutes le bouquet garni c'est dommage de gâcher entre nous quand on se souvient du père faut les finir quand on pense à tous ces petits enfants qui meurent de faim pas très net le type si tu vois ce que j'veux dire tu fais mijoter à feu doux mourir de faim de nos jours c'est tellement triste mais trrrrès doux un gentil garçon mais un brin maboule comment ça je peux me les foutre au cul mes haricots il paraît qu'elle prenait du Prozac tu l'arroses régulière-ment non mais je rêve tiens c'est marrant j'ai juste-ment lu un article là-dessus dans *Marie-Claire* dis Monique tu apprends à ton gamin à me cau-ser correctement ou je lui en colle une ils disaient que c'est aphrodisiaque tu penses à remettre du beurre et toujours à se plaindre oh non je dis pas ça pour être méchante mais c'était pas une vie pour Richard TU AS LE DERNIER MARIE-CLAIRE toujours à dire des trucs morbides génial j'aurai

pas à l'acheter un drôle de gugusse tu laisses une
petite heure un jour Sylviane l'a vu chanter la
Marseillaise à poil dans la cour de l'immeuble tu
rajoutes un filet de vinaigre mais de cidre tu sais
plus quoi répondre à force cinglé d'accord de
cidrrre mais faut pas pour autant manquer de
respect à la Patrie tellement chiante à force tu as
vu la dernière collection Gaultier dedans ah ça
non pas la Patrie moi je pense que c'est dans les
gènes et puis pas d'avenir avec ça ah ça elle avait
même abandonné sa maîtrise bientôt ils nous
feront aller au bureau en pyjamas et puis elle
écoutait Indochine avec un abat-jour sur la tête
et un manche à balai dans le cul et tout le monde
trouvera ça hype c'était pas un poil qu'elle avait
dans la main c'est un problème conjoncturel
la sinistrose chez les jeunes c'était un baobab on
voit ce que ça donne bravo les socialistes tu trouvais pas toi qu'elle avait vachement grossi ces
derniers temps qu'est-ce qu'elle se laissait aller
dis donc mais tout à fait Yvonne elle portait plus
que des joggings vous avez tout compris c'est ça
les maniaco-dépressifs même pas des Adidas il
n'y a qu'eux qui ont des problèmes une dégaine
logique que Richard se soit tiré entre nous ils
sont é-go-cen-tri-ques il mérite mieux et toujours
à me pleurer dessus houlala alors qu'avec les
traites de la maison en ce moment tu parles si
c'est facile il en a eu du courage Richard elle se
serait un peu battue au lieu de s'apitoyer sur son

sort on en serait pas là regarde le pauvre Richard
hein Richard faut pas s'laisser aller la vie ça va ça
vient comme on dit ET PUIS ELLE SAVAIT POUR-
TANT BIEN QU'ELLE POUVAIT COMPTER SUR NOUS
quelqu'un voudra un peu de tarte ?

Les hôtes, une fois repus, ne sont plus vraiment en symbiose avec les événements.

DIS DONC MA FILLE T'ES PAS UN PEU BARGE DES
FOIS DE RESTER ACCOUDÉE À LA FENÊTRE ALORS
QUE ÇA CAILLE COMME PAS PERMIS. TU VEUX NOUS
FAIRE LA DAME AUX CAMÉLIAS OU QUOI ? C'est-
à-dire que question température, je me sens plu-
tôt branchée Beineix ces derniers jours, tu vois.

Bon, bah, c'est pas tout ça, mais je crois que
c'est l'heure d'aller se coucher avec une verveine
et un bon Témesta. OUI C'EST COMPRIS JE VAIS
ME COUCHER. MAIS OUI PUTAIN ON VA TOUTES
SE COUCHER. C'EST PAS LA PEINE DE NOUS SUR-
VEILLER COMME ÇA ON EST PAS ATTARDÉES.

Se coucher. Et rêver au cénacle de ces filles
si chanceuses, qui peuvent se dire sans sourciller
en appliquant leur crème de nuit : *Que je suis belle
dans la douleur.*

★

Daphné a vingt-deux ans. Elle est plus jeune
que moi. On s'entend bien quand même. Daphné
aime le champagne. Et puis les hommes qui

passent maman. Daphné ment beaucoup. Mais c'est toujours moi qui vomis. Par contre c'est jamais moi qui baise. Nous avons passé un accord.

★

C'était dimanche. Vous étiez morte.
Mais c'était pas ma faute. C'est ça le pire.

Ce soir il veut me voir alors même s'il est vingt heures dix je ne m'appelle pas Daphné. Le café est bondé. Je suis accompagnée de comprimés sécables. J'ai une crampe au nombril. Il est un peu en retard. Je passe outre puisqu'il est roturier. Je bois pour le plaisir de croire que c'est un jeu. Que c'est encore l'hiver. Que nous allons rentrer. Il m'arrive avec le sourire et une chemise fripée que je ne lui connais pas. Elles hurlent tellement à l'intérieur que je sais qu'il faut se méfier. J'attends.

Il dit par honnêteté par honnêteté tu dois savoir. Il dit il y a ces mois je t'aimais et l'aimais aussi. Il dit *et* et pas *mais*. Comme si aucune corrélation n'était à mentionner. Il dit il m'aimait et elle aussi, jamais il ne m'aurait quittée pour elle. Il dit la semaine où il est parti en vacances c'était pour la rejoindre. Elle était avec son amie. Il a oublié les clefs. Il rit. Il dit ils ont pris un taxi et cherché un hôtel dans la ville la plus proche. Il dit ils ont tant bu son amie était

117

rose. Il dit une chambre à trois était meilleur marché. Il commande un gamay. Je déteste les primeurs. Il dit son amie le tripotait dans le lit pendant qu'elle était dans la salle de bains. Il dit il l'a pénétrée en premier. Il dit elle est venue les rejoindre. Il dit il l'a baisée ensuite. Il dit elles étaient douces mais c'était très bizarre. Il dit il a joui en son amie. Il ne dit plus. Je crois que quelqu'un pleure en moi, mais je ne sais pas laquelle. Et puis. Il dit. Encore. De nouveau. Il dit. Il dit il était très troublé les regards ont changé après cette nuit étrange. Il dit une fois d'autres clefs dans la maison elle l'agaçait. Il dit elle est partie. Il dit la seule présence de l'autre le rendait heureux. Il dit la seule présence de l'autre le rend heureux. Il dit tant pis si ça se casse la gueule mais il veut essayer car il croit. Il dit qu'ils forment un couple de SDF de luxe et il découvre qu'avant de venir j'ai avalé des spaghettis sans prendre la peine de les mâcher.

★

Au bar. L'homme a quarante-deux ans. Il s'appelle Jean-Marie. Il est consultant en marketing. Après, je n'entends plus.

Hier soir, j'ai dormi dans la théière. J'ai eu un peu froid, d'ailleurs. Mais, en définitive, c'est toujours mieux que le plafond. Je ne sais plus si j'ai gardé le tambourin, la pince à sucre ou la cloche à fromage. Je ne sais même plus si j'avais un nom, d'ailleurs, en définitive. Pourtant, ça a dû m'arriver. J'ai bien eu la coqueluche, du vermicelle et les oreillons. C'est le chapelier qui me l'a dit à Pâques. Un charmant garçon, ce chapelier. Il a même précisé que ce n'était plus la mode du tout. Cet hiver-là, on portait haut les infections pulmonaires. Et parfois son bras en écharpe. À condition d'avoir l'appendicite. Une faute de goût est si vite arrivée. Moi, j'avais rien demandé. À part un tank pour ma fête et un poisson rouge à

Noël. On m'a confisqué le premier après qu'on puisse plus aller à l'école, et on a appelé le second Zouzou. Mais il est malencontreusement tombé du septième étage. Ça fait haut. Comme j'avais mal refermé sa cage, je n'ai pas eu trop de chagrin. Souvent, on m'offrait des orties, roulées dans de la laine de verre. La preuve, c'est que j'étais chat persan. À moins que ce ne soit souffle au cœur. En tout cas je n'étais pas une gentille petite fille. Sinon on m'aurait mise dans la machine à laver. J'avais les cheveux bleus cirés et les yeux jaunes de mon grand-père. Mais je nie tout en bloc. Du robinet du gaz au bac de chaux rempli de gosses. J'aimais bien les barbelés du terrain vague. On m'emmenait là-bas en promenade lorsque je faisais beau. Ce

qui n'était pas très fré-
quent. Même l'été je
pleuvais souvent *gouttes
gouttes gouttes de pluie mon
chapeau se mouille gouttes
gouttes gouttes de pluie mes
souliers aussi.* Je préférais être seule, en fait.
Même si pour jouer c'était
pas toujours facile de se
mettre d'accord. Eux, ils
disaient que j'étais rousse,
et que j'avais une maman
bien à plaindre. Moi je
crois surtout qu'ils vou-
laient se donner bonniche
conscience. Je les aimais
pas trop. Ils parlaient
fort, astiquaient le For-
mica jusqu'à ce que ça
gicle, et leurs ongles pous-
saient trop vite. Certains
sentaient mauvais de la
bouche et me posaient un
tas de questions idiotes. Je
leur disais de me laisser
tranquille, que, pour les
formalités, fallait voir avec
le lapin blanc, pas moyen.
Même avec un peigne à

poux. On m'a dit d'être belle et de moucher mon nez. Je suis née en avril pour faire mon intéressante. En fait, j'ai fait semblant. Et je les ai bien eus.

Lydia dit qu'on est d'accord. Demande où il préfère aller. Il dit il a perdu ses clefs. Il rit. Il dit on ira en taxi à hôtel le plus proche. Il dit à la réception une chambre à trois est meilleur marché. Je le tripote dans le lit pendant qu'elle est dans la salle de bains. Il me pénètre en premier. Elle vient nous rejoindre. Il la baise ensuite. Il dit nous sommes douces mais c'est très bizarre. Il jouit en moi et dit il est heureux.

Il nous donne chacune deux mille francs. Je dis c'est une partouze et exige mille de plus. Il rechigne je crie il pinaille je braille le téléphone sonne il m'insulte et me donne ma rallonge. Dehors Lydia m'engueule. Elle dit normalement on fait un packaging à trois mille pour les deux. Elle dit c'est pas du boulot. C'est un régulier maintenant c'est certain qu'il ne reviendra plus on voit que t'es pas une pro ma fille. Je dis je l'emmerde tant qu'elle y est elle a qu'à se faire mettre gratos. Elle dit oui c'est ça d'ailleurs tous les week-ends elle fait du bénévolat chez un couple d'amis et on rigole. Je crois que quelqu'un pleure en moi et cette fois-ci je sais qui c'est.

*

Jackie Kennedy a déclaré avoir rampé à l'arrière de la voiture présidentielle pour ramasser les morceaux de cervelle de son mari. C'est étrange, quand mon père a tiré sur maman à bout portant, la seule idée qui m'ait traversé l'esprit c'est de me barrer de la pièce à toute berzingue. Je ne dois pas avoir l'étoffe d'une Première Dame, quel qu'en soit l'état.

*

Ce matin, au courrier, une carte de toi. Quatre guillemets trois phrases et le nom d'un auteur.

Sûrement par *honnêteté*. Transfert sordide et vieilles dentelles. Citation rance et boucanée. Intellectualisme Canada Dry : ça a la couleur d'un message le goût fielleux d'un choix donné les bulles éructant en palabre succéda(m)né d'avertissement. Ainsi voilà ton seul Salut. Le maudit sait jeter les dés. Son hasard a le ver dans le fruit et des Gorgones mortes à l'endroit où d'autres que je connais voient *des sirènes maintes à l'envers*. La lâcheté par procuration, ça prendrait combien aux assises? Non, ça ne peut pas se calculer.

Quatre guillemets trois phrases et le nom d'un auteur. Pas allemand, pour une fois. Comme quoi, oui, les temps changent. Les temps changent mon cher ange. Et sœur Anne commence à te voir venir. Je refuse de comprendre. *À casser l'œuf se fait l'Homme, mais aussi l'Hommelette* (disait le monsieur rigolo qui raccrochait son téléphone). Je refuse de comprendre. Encore plus de chercher. Ce serait du temps perdu et j'ai mes insomnies. Et après tout qu'importe qu'il s'agisse d'une injure ou d'un sursis gluant. Je te jetterai aux chiens. Hécate à son chenil, Molosse est affamé. C'est tellement trop facile.

L'intouchable référent arboré en cache-sexe. Appelez-moi maître et la bonne tant qu'on y est j'ai un besoin pressant. Le bordel est au coin de la rue et la philo au bout du gland. Je ne joue plus à rien. Je suis trop fatiguée. Masturbation autiste.

J'ai fini les Kleenex. Je ne peux plus éponger. Je suis devenue imperméable à la jute germanique à la purée danoise aux déjections dies irae. Mon corps n'est plus que spermicide. Tu n'as plus rien d'un séducteur et j'abandonne le journalisme. Maintenant il est trop tard car enfin souviens-toi. *Au bois de Morte-Fontaine* c'était l'été dernier *quand vint la morte saison* tu m'avais déjà fait le coup du Traité du mariage pour les *chasseurs de la plaine* cousin de celui du lapin *c'est une révolution car ce matin* la boue se colle à chaque organe. Je suis mélasse et puis sans fin. À m'incuber quotidiennement l'arsenic de tes certitudes j'ai fini par prendre racine et mon corps mithridatiser. Alors je t'en remets au vent. Puisque c'est l'heure de la chanson française.

Au courrier, ce matin
Femme, elle me hait
Quatre guillemets
Femme intelligente, elle me craint
Trois phrases borborygment en poème
Femme supérieure, elle m'aime.

Et par retour postal, annotée dans la marge j'ai cherché la formule. Celle-là non plus ne pouvait pas se calculer. Comme quoi, ces derniers temps, les avancées de la science ne me sont vraiment d'aucun secours. J'ai bien évidemment songé au crayon à papier et à *Hé bien ! la guerre,* mais je me suis dit que c'était beaucoup trop risqué, parce que si c'est pour claquer un smic par mois à l'Institut Lancôme et se retrouver des cratères plein la gueule pour une broutille, ce serait franchement pas malin. D'autant que tu es très peu réceptif au genre romanesque. Épistolaire ou pas.

J'avais vraiment du mal à trouver le mot juste. J'ai ouvert la fenêtre, mais ce n'était pas suffisant. Je suis sortie. Le ciel était poisseux. L'humidité régnante me rappela que l'arthrose était une malédiction familiale depuis qu'un lointain bisaïeul résidant dans le Loth s'injecta de l'eau de mer dans les cartilages afin de se sodiumifier.

Je me suis réfugiée en boitant dans le café du bas de l'avenue. J'ai bu de la bière blanche. La radio diffusait quelque chose de pourri au royaume de Chérie FM, où il était question des chutes répétitives de Pascal Obispo, qui *a priori* souffrait d'un problème d'équilibre par-delà son alopécie touloulouptou. J'ai repris d'autres bières. Beaucoup. Je pense. En fait suffisamment pour que dégurgitées elles recouvrent les trois quarts de la table. Mais il faut reconnaître qu'elles ne sont pas très grandes, les tables du café du bas de l'avenue.

En revenant chez moi, j'allais beaucoup mieux. J'ai ouvert le placard. Confectionné minutieusement le petit paquet. Fait artistiquement frisotter le bolduc. Je me suis rendue à la Poste pour envoyer le Diligo. Quand la nuit est tombée, je me suis mise au lit sans prendre de somnifère. Calée sur l'oreiller j'ai souri aux étoiles. Et ri avec Morphée en imaginant ta caboche de faiseur quand tu trouveras, enroulé soigneusement dans le papier de soie rosé, la grande paire de ciseaux de couture.

★

C'était un dimanche.
Je suis morte avec vous.
C'était pas prévu au programme.

Un Grec qui, il y a fort longtemps, s'est penché sur nos réglementations familiales, appelait ça *l'ironie tragique*. Un peu comme pour la fois où mon cousin écossais qui s'était engrainé avec son père s'est fait bouffer par le monstre du Loch Ness. J'ai téléphoné à ma grand-mère pour avoir le code d'accès du *deus ex machina*, histoire d'accélérer les choses, mais elle l'a perdu avec la recette de la blanquette de veau dans son dernier déménagement.

★

La fille de joie est belle,
Au coin d'la rue là-bas.
Elle a une clientèle
Qui lui remplit son bas.

Accoudé au bar, le client s'appelle Robert. Il boit un whisky sec. Ariana se lève, c'est son tour. Elle pose sa main sur l'épaule du type, incline la tête en souriant. Et lui propose de lui *tenir compagnie*. C'est la formule consacrée. On n'attaque pas le micheton en lui demandant s'il consent à nous emmerder toute la soirée par ses propos insipides, à nous tringler comme un blaireau et à se laisser vidanger le larfeuille après les couilles. Que nenni. Ici, rien que des jeunes femmes avenantes et bien mises, qui au gré des *affinités* pressenties vont de bonne grâce *tenir compagnie*. Le charme discret de la bourgeoisie. L'homme accepte. Visiblement ému par son 95 C. Affinités électives. Ariana s'assoit, croise les jambes très haut. Elle commande un cocktail. Il lui demande ce qu'il y a dedans. Elle répond le plus fort possible champagne-jus d'orange, pour que la barmaid le mette, le champagne, au cas où il goûte. Ils veulent toujours goûter. Parce qu'ils en veulent pour leur argent. Ils devraient réaliser que si les hôtesses buvaient *vraiment* du champagne dans leur Mimosa, elles seraient défoncées dès l'ouverture, boursouflées par l'aérophagie au bout de la première semaine, et totalement incapables d'assurer la prestation. Et surtout, ils devraient s'en foutre, de si la fille boit du jus de fruits coupé à l'eau ou au Perrier, plutôt que du Taittinger vert. Ce qui les intéresse après tout c'est qu'on les écoute, qu'on les flatte et qu'on se fasse sauter avec le sourire. Mais non. Ils sont d'une connerie ineffable, ces types. Ils paient cent balles le verre de la fille. Alors pour ce prix-là, il faut du réalisme. Le champagne qu'elles boivent. La couleur de leurs yeux. La longueur de leurs ongles. Leur prénom. L'âge qu'elles donnent. Le parcours qu'elles racontent. L'intérêt qu'elles leur portent. Et l'envie de leur queue. Ariana entortille la cravate du client qui s'appelle Robert entre ses doigts. Fait glisser son genou le long du pantalon en tweed. Exhibe ses incisives. Puis parle de passer un moment agréable au salon, que pour ça il faut une bouteille à neuf cents francs, et mille francs pour la fille. Et que s'il préfère aller à l'hôtel, la sortie c'est mille de plus pour elle. Elle omet de préciser qu'au salon c'est juste la sucette. Mais tout le monde sait très bien qu'Ariana casse le boulot en baisant à moitié prix et qu'on peut rien y faire. À part lui fracasser la tête, mais Flo me dit que ça ne sert à rien. La preuve c'est qu'elle a déjà essayé. Le monsieur lui répond que c'est un peu cher. On se dit qu'elle va baisser le salon à six cents et on n'en mène pas large. Puis il répond qu'il va y aller quand même parce qu'il a besoin de réconfort vu qu'il a appris cet après-midi qu'il avait le cancer. Du coup on est drôlement soulagées. Mireille leur apporte la bouteille au fond. Y en a pour une bonne demi-heure.

Isabelle lit *Voici* et Florence ses cours de philo. Fanny se fait les ongles en racontant à Lydia sa sortie d'hier soir avec un type monté comme un cheval au point que les King Seize passaient pas. Elle dit qu'elle a cru disjoncter tellement ça lui a éclaté la chatte. Lydia lâche nonchalamment que ce doit être Gérard et qu'il faut le sucer long-temps avant pour abréger la péné, et se mettre du gel mais j'entends pas la marque parce qu'elle se gave de fraises Tagada. Je cherche mon cahier et allume une clope. Mélissa hurle à contretemps sur Claude François en effectuant des moulinets avec les bras. Mireille arrive comme une furie et menace de balancer le CD aux ordures. Faut avouer que *Le lundi au soleil* avec une moyenne de diffusion avoisinant les quinze fois par jour, c'est une chose qu'on oubliera probablement jamais mais ça peut lasser. Alex s'engueule avec Cynthia, rapport à une doublette qu'elle aurait fait foirer en disant aux clients qu'elle venait d'avoir ses règles. Cynthia nie et démontre sa bonne foi en exhibant ses Pharmatex. Isa se lamente sur le divorce de Bruce Willis, Mireille donne un coup de poing dans la chaîne, Mélissa pleurniche qu'on connaît rien à l'art, Ariana pousse des han han qui parviennent jusqu'au bar, Lydia a mal au cœur, Alex traite Cynthia de sale pute, tout le monde rigole, Alex va bouder et

Flo gémit qu'elle va foirer ses partiels. Bref, la routine.

Je file mon bas. Vais chercher mon sac au vestiaire. Winnie est affalée par terre. Elle pleure silencieusement. Tellement silencieusement qu'on avait toutes oublié qu'elle était là ce soir. En me voyant elle hoquette. Ses lèvres ourlées de collagène retombent mollement. Un tic nerveux tiraille la commissure gauche. Bouche orangée limace contorsionniste. Son fard s'enfuit. Niagara de paillettes turquoise *Le ciel bleu sur nous peut s'effondrer*. Son visage se redessine ployant sous la misère du Monde *Et la terre peut bien s'écrouler*. Minois mappemonde démaquillé fissures Tchernobyl ravageuses Rimmel dégoulinant traînées quartz et mica. *Je me ferais teindre en blonde.* Barbouillage à Saint-Jean *comment ne pas perdre la tête* Soufre poudré rivières. Ça déborde tant. Et ça remue. Vésuvés des larmes lave et larvées jaillissant sous le blush. *On peut bien rire de moi* mouvant le fond de teint gicle découvrant des cratères inconnus. *Je ferais n'importe quoi.*

Demain, on lui retire ses gosses *Si un jour la vie t'arrache à moi*. Ils ont trois et cinq ans. Sur la photo, ils ont des shorts beiges, des chemisettes rayées et des joues rebondies. Elle leur a donné son amour et des prénoms américains. Son ex-mari l'a balancée au juge, sa concierge à l'assistance sociale et son chonchon aux flics. Une étudiante va les chercher à l'école, les baigne, les fait dîner, et veille sur leur sommeil jusqu'au petit matin. Ils passent leurs vacances en Espagne, et leur dimanche à la campagne. Demain, ils iront à la DDASS, puisque papa est en prison. Demain, ils iront à la DDASS, à douze ou quatorze par dortoir. Dans un foyer pour orphelins, puisque leurs parents sont SOCIALEMENT MORTS. Mention *décédés* aux bonnes mœurs. Âmes perdues émargées au registre de la mairie. Ils seront séparés. Chacun dans sa famille d'accueil. Winnie crie rauque *c'est tout ce que j'ai.* Je tuerai de mes mains quiconque à cet instant sourirait aux sanglots c'est beau une pute qui pleure. Demain, ils iront à la DDASS. Parce qu'à la nuit tombée madame Martine Mercier troque tailleur et Derby pour robe lamée argent sandales assorties talons dix-huit centimètres et *des mots d'amour si vulgaires, qu'ils font rire au ciel les pinsons.* Parce que au lieu de gagner le smic en pianotant sur un clavier et de partir cinq semaines l'an se tortiller en bikini devant les GO du Club Med d'Agadir, leur mère préfère se faire bourrer le cul, sans jamais penser à autre chose qu'aux mensualités de l'école maternelle de Passy, au Codevi à leur remplir *pour plus tard on ne sait pas tu sais moi j'ai tellement manqué.* Parce qu'ils sont des FILS DE PUTE ces enfants doivent expier. Et le plus loin possible. Que leur foutue souillure n'éclabousse surtout pas le fond de culotte immaculé de leurs voisins de bac à sable. *À Neuilly, ils étaient si bien.* Fils de traînée, pensez donc. Leur mère, leur salope de mère crucifiée le plus haut possible. Et ça avait le culot de dire bonjour dans l'ascenseur, et à une femme de député en plus. Pour qui elles se prennent ces filles-là. Lapidation de la roulure. *Ils ne voyaient que des gens comme il faut.* Bannissement perpétué exclusion pharmakos la Cité refleurie. *Je ne leur ai jamais fait de mal.* Cette femme est condamnable. Bel exemple pour des gosses. Ta mère suce des bites dans les bars TA MÈRE SUCE DES BITES EN ENFER. Femme Publique, femme de Rien. Dépeçons-la à l'abattoir. Sortons crochets et morale inoxydable. Arrachons-lui — Ô sainte Marie — le fruit de ses entrailles qui ne peut être béni, mais alors pas du tout. Une mère se DOIT d'être mère avant d'être femme. Excision cathartique. Voyez donc mon vagin parfaitement respectable. Matriarcat et tarte aux pommes. Le minou à bobonne visité le samedi par la queue conjugale, les petits sont couchés ôte-toi d'là que j'm'y mette. Proprette jusqu'aux ovaires. Et épisodiquement fourrée par celle du mec de sa meilleure copine les soirs de biture Pacha Club. Faut savoir se détendre, c'est écrit dans *Madame Figaro.* Femme Publique, femme de Personne. De la cécité au Cyclope, l'odyssée est tentante. Monstresse Matrice IRRECEVABLE. On n'a qu'à les laisser se reproduire, tant qu'on y est hihihi. Ici, la guillotine est à entrée binaire : c'est la maman *ou* la putain.

Je referme la porte. Un étau m'écharpant la gorge. Je voudrais ne plus voir. *Danse danse au bal de la Chance* Ne plus savoir. *Danse danse ma rêverie* Partir d'ici. *Danse danse au bal de la Chance* Et surtout arrêter. *Danse danse avec ma chanson* Oui, c'est ça arrêter. *Cela n'a ni queue ni tête* M'emmitoufler d'œillères. *Pourtant j'ai le cœur bien gros* Et dormir en silence. *Pour les marins en goguette* Je ne sais plus ce que je suis venue chercher. *L'amour ça coule au fil de l'eau* Peut-être juste de quoi me perdre, au fond. *Danse danse au bal de la Chance* Gueule plongée à la glotte des plus belles *Danse danse* fosses sceptiques *Mon cœur d'oiseau.*

Écoutilles s'emplissant colique néphrétique perpétuelle. Chiasse des bas-fonds s'engluant aux artères. Qu'est-ce que j'attends au juste. Équarrissage prémédité. Écartèlement ventru. Je veux rentrer chez moi. Je veux être une petite fille idiote. Je veux voir ma maman. Je veux brailler à la fontaine que je ne boirai jamais de son eau. Je veux m'étendre sous ma couette dormir huit heures gerbes de roses et myosotis appelez-moi Aurélia et ton pardon je t'aime. *Mon Dieu mon Dieu* Dans un an dans un mois ou

demain peu importe. *Laissez-le-moi encore un peu*
Je te tuerai sûrement. Mon adorable amour
déchiqueté au cutter. Je plaiderai à la Cour que
le ressentiment ça ne peut pas se calculer.

> *La fille de joie est seule,*
> *Au coin d'la rue là-bas.*
> *Les filles qui font la gueule,*
> *Les hommes n'en veulent pas.*

★

Au café du bas de l'avenue le midi il y a des
betteraves. Je les demande entières et je ne
mange plus que ça. Découpées tendres comme
de la chair brute. Sang rubis métaphores éculées
giclant sous le couteau. Le goût terreux qui anes-
thésie âprement les papilles. Le goût terreux ; le
cœur saignant. Je me disais aussi. Manquait plus
que je sois nécrophile.

★

Iphigénie a des bas verts. Et fredonne la valse
d'amour. À chacun sa romance. Plus ou moins
véridique. C'est une question de rien. Et ça tient
à peu de chose.

Hormis les coups de vilebrequins moirés qui
surgissent en mon sein quand je m'y attends

le moins. Hormis les torsades intestines dès qu'on prononce son nom. Hormis les bilieux sanglots qui s'échouent en pleine nuit. Hormis. Hormis.

Je me demande si, finalement, le plus difficile dans la reprise de la vie seule, c'est pas les courses. Conditionnement pavlovien à la consommation binôme. Pathétique ménagère de moins de cinquante ans fondant en larmes dans sa cuisine, en découvrant qu'elle a machinalement rempli son cabas d'un lot de vingt-quatre yaourts nature alors qu'elle est allergique au lactose.

Alors bien sûr je n'y coupe pas. Pathologie chronique des fraîchement esseulées. Ne pas. Ne surtout pas se donner le temps. Le temps d'attendre que ça se tasse. Que la douleur se compresse tout au fond. Comme le marc compact des cafetières italiennes. On appuie fort. Très fort sur la tige au bout rond. Et elles font du jus noir. Comme ma rate desséchée. Parfois on peut y lire l'avenir. Disséquer le marc de ma rate. Touiller trifouiller la substance. Y voir si tout ça vaut la peine. Quand bien même en surface. Ne surtout pas se donner le temps. Parce qu'on ne peut pas le calculer.

Alors bien sûr je n'y coupe pas. Je ne suis pas plus forte qu'une autre. Mais tellement tellement me gargarisé-je sans cesse tellement plus malheureuse. *Engagez-vous* qu'ils disaient *vous*

136

verrez du pays. En avant la Tulipe en avant rien n'est plus drôle que le malheur. Et au milieu des condiments et des cigarettes russes. J'attends sous le vieux saule. Tapie près du fossé. J'ai les pieds qui se gonflent. J'attends que vienne le messager. Je suis la ténébreuse. La veuve inconsolée. La princesse d'Aquitaine à l'étoile décédée. Calfeutrée de chimères d'or et de verroterie. Incandescente fillette qui rit de se voir si laide et dépecée en ce miroir. C'est en cela seulement que la douleur grandit. Je suis anéantie mais mon gouffre est unique à l'instar des stigmates et cela personne PERSONNE ne peut me l'arracher. Je suis riche de souffrance. Crésus aux joyaux putréfiés. Reine des Sabbats menteurs. La Gardienne des blasphèmes d'un pays d'où l'amour ne reviendra jamais. Fortunée à outrance d'un bien trop scintillant le mal sur chaque facette pour que l'on puisse le dérober. Ma douleur n'est qu'à moi. Pourquoi en faire le deuil. Car ici c'est moi. Et moi SEULE le cadavre grimaçant le macchabée rongé le contenu gluant du linceul violacé. Ici c'est mon amour qu'on jeta à la fosse. Or je n'étais que lui.

Le deuil. Le deuil de quoi. Moi qui suis déjà morte. DÉJÀ MORTE. Et depuis ma naissance ça fait combien de fois. Le calcul serait simple mais je n'ai pas envie. Disons plutôt beaucoup. En tout cas suffisamment pour que ça commence à lasser.

Alors bien sûr je n'y coupe pas. Pourtant je sais très bien. Peut-être même plus qu'une autre. Qu'il faut avant toute chose savoir DÉSINFECTER. Prendre le Coton-tige imbibé. Récurer chaque recoin alcool soixante degrés. Mercurochrome cautériser. Éclaboussures brunes vermillon éclats impressionnistes sur peau craquelée toile gangrène croûtes au couteau. *La jambe de Rimbaud* et le miroir d'Alice. Voici le lapin blanc il lui manque une oreille.

On a beau le savoir. Par cœur. Même s'il est morcelé. On ne perd pas la foi. On se raccroche aux branches. Tant qu'y a pas d'cirrhose y a d'l'espoir. Ma plaie est très jolie. Large béante et ambrée. Un peu de vengeance mousse. Ma plaie est habitée. Malgré la pègre microbienne qui a élu en moi domicile et saison. Oui j'ai beau le savoir. Jusqu'à la pointe du ventricule. À ras. Me voilà à présent fonçant tête-bêche et pas très fière sur le poteau chopant le tétanos en me piquant aux roses. J'écrirai les mémoires d'un âne si je retrouve un jour le baume et la formule.

Je ressors le portrait. Robotisons le Dorian Gray. Qualificatifs récurrents et divers. Pour le reste c'est comme d'habitude. Et attendu ainsi. Et carnets. Et sous-sol. Et soirées parvenues. Et errances. Et alcool. C'est comme ça que j'ai fait mauvaise pioche. Évidemment c'était très prévisible. Suffisait de compter le nombre d'anaphores pour calculer combien le cauchemar risquait d'être familier. Mais j'ai toujours eu un faible suicidaire pour les fêtes galantes. Et j'ai Saturne en Maison VII, c'est mon astrologue qui l'a dit. Pas de quoi en faire un poème.

La quête du mâle c'est pas glorieux. C'est un drôle de cinoche. Pour qui a un oncle en Amérique. Cela dit, un cousin germain fait l'affaire. On boit souvent la tasse. Et à chaque nouvelle vague *Pomme de Reinette et pomme d'Api* je suis un gros rat blanc *Tapis tapis rouge* mon museau rose frétille *Pomme de Reinette et pomme d'Api* je fais frisotter mes moustaches *Tapis tapis gris* et me goure de porte quand le voyant s'allume.

Méthodologie crissante qui s'applique malgré soi. Propos mignards à saint Michel. Attablés face à face. Un bref coup d'œil et on constate que les décors sont de Roger Hart les costumes de Donald Carwell et les dialogues d'Éric Rohmer. Il me demande si j'aime Deleuze Nietzsche les gaufres la pluie en été sur Dublin les derniers jours d'Emmanuel Kant et pourquoi pas Brahms tant qu'on y est.

Parade d'amour sauce danse macabre. On se rassure. Ça n'a pas de sens quand bien même serait-il canonisé. La tête des référents servie argent sur mille plateaux. Exhumation lourdement scolastique. La bêche du fossoyeur retournant — oh oui j'adooore Hamlet — les neurones sans pour autant créer d'émeutes dans la bibliothèque. On ne badine pas avec l'amour. Désir futile sensations carton-pâte. Faire vite avant que ça gondole à Venise surtout que j'ai bien vu cette fois-ci j'en suis sûre *y a un yéti dans le Monoprix.*

On passe chaque stade très appliqué. Le sourire gras. Le croisement d'yeux. Ah merde j'ai pas ri assez aigu faut que j'me rattrape à la prochaine. Faisceau dans l'oreille doigt dans le cul. Ça tourne ça tourne comme au manège sans risque d'attraper le pompon. Juste la chtouille et le cafard. Paraît que c'est générationnel. J'ai pas dû naître au bon moment et en plus je hais les dimanches.

Une fois dans ma chambre il fait chaud. Faire quelque chose n'importe quoi. Me déguiser en pingouin mettre C. Jérôme sur la platine dire que je peux baiser qu'attachée au Frigo en charentaises non ça peut plaire vomir sur le lit tiens voilà aller chercher un concombre pour l'enculer lui avouer que je suis transsexuelle et que mon vrai nom c'est Gilbert éteindre précipitamment les lumières le sommer de se taire parce que j'ai le Mossad aux trousses passer *Une femme sous influence* en boucle éclater en sanglots en prononçant le mot citrouille m'étaler du Nutella sur la gueule mine de rien hurler de rire en mettant les doigts dans la prise j'en sais rien

MAIS PAR PITIÉ FAIRE QUELQUE CHOSE POUR QU'IL SE TIRE.

Il s'affale sur mon bras benoîtement. Joue au sourd pour que je lui parle plus près. Me fait découvrir ses molaires au moindre rien. Il s'étrangle pour de faux ce qui est dommageable. Et voilà qu'il a le hoquet.

JE NE SUPPORTE PAS LES GENS QUI ONT LE HOQUET. ÇA A TENDANCE À ME RENDRE NERVEUSE.

Je voudrais le foutre dehors. Le jeter sur le palier sans un mot. Et tant pis pour les convenances. Juste un de plus qui s'époussettera l'arrière-train au bas de l'escalier en chouinant toutes des putes sauf ma mère — quoique. L'attraper par le col le soulever d'une main le coincer contre le mur lui dire droit dans les yeux casse-toi pauvre minable infoutu de me faire mouiller avant que je t'éclate la gueule te broie les couilles te sectionne le chibre en plus t'as des chaussettes de sport. (Je déteste les chaussettes de sport. Par contre, je digère très bien le fructose, pas vous ?) Les règles de l'hospitalité ont tout de même des limites. On a dit une écuelle de soupe pour les pauvres. Pas une tarte aux poils réservée aux paumés du coin.

Et puis je me dis qu'il me sera peut-être utile. Que tu connaîtras peut-être à ton tour cette saloperie de ténia constricteur. Eunecte barbotant dans les veines. Anaconda envenimant les leuco-

141

cytes jusqu'à la lymphe à l'évocation du mélange perpétré.

Alors je me dis qu'il ne faut pas y couper. Je prends mon courage à deux mains. Malheureusement les bras m'en tombent. Mais il ne se rend compte de rien. Je le fixe jusqu'aux bourrelets à venir. C'est qu'il est bien dodu le garçonnet. Une fois dessapé il est clair que la chair est flasque et qu'il a pas lu tant de bouquins que ça. Sûr qu'à oualpé il a pas fière allure le canasson. Les bouclettes pubiennes roussies la bistouquette au vent et les balloches pendantes on a déjà vu mieux. Chairs faisandées étal de charcuterie discount vous en prendrez bien une tranche ma p'tite dame. Non non merci bien sans façon. Une zbidounerie à contrecœur sans rémunération faut quand même voir à pas déconner non mais sans blague.

Au début je ne pensais voulais pas devenir méchante si c'est vrai. Je voulais juste *vivre* autre chose. Il était un ami à toi. Ça me semblait une bonne idée. Mais le jour où j'en aurai une, de bonne idée, y a des chances que la Trinité au grand complet se tape une gastro-entérite carabinée à faire crouler la capitale sous les étrons.

Je me disais que quelque part. Je sais pas où. Mais quelque part. Électrochoc peinture d'apprêt. Cynisme strident. Ciment armé de stimuli sur ton instinct propriété. La madeleine de Proudhon cannelée capitalisme. On ne sait jamais. Après tout. Et ça coûte pas cher d'essayer. Juste un peu de haine à crédit. Pour les intérêts, voyez le chapelier. Mais à en croire le résultat cette indifférence crasse et silence laconique j'ai dû me planter quelque part. Ficus gras et rhododendrons. Inversé les données. Pas très bien calculer. Mélanger papi Cioran et *La Nouvelle Héloïse*. Les vitrines de Céline avec la Caisse d'épargne.

Alors je n'ai coupé à rien. Chaque épisode précédant la fornicafouille huilé en sitcom sans pour autant lubrifier. On balise bien l'Avant. On s'étale au calendrier. Après tout il n'y a qu'une voyelle à changer. C'est pas grand-chose une voyelle. Surtout en blanc. Sur le calendrier de l'Avant, on trouve aussi une case numérotée pour chaque jour. Quand on l'ouvre, il y a une surprise. Une surprise toujours relative. Parce que dans la période précédant le trempage du biscuit, il est rare que le type se mette à beugler la ferme grognasse à la terrasse du Flore, ou se gratte négligemment l'entrecuisse en rotant sa Kro devant France-Italie. Aussi, comme pour celui des petits enfants, le calendrier de l'Av*a*nt dissimule derrière ses portes cartonnées un chocolat ou un joujou. C'est con pour lui, j'ai le cacao en horreur et passé l'âge de jouer aux billes. Ses boîtes de Monchéri, il peut se les carrer au cul bien profond avec son vibro en promo et ses capotes vanille-fraise. C'est pas la place qui manque. Alors je me retrouve là, un samedi soir sans faire exprès. À songer que tout ce cinéma n'aura servi à rien. *Caramels bonbons et chocolats Tou pô trrrrès bien les offlir à une autrrrre Parolé Parolé Parolééé.*

Je regarde mon corps. Et je me demande bien à quoi il peut me servir. À quoi il peut bien me servir *contre toi*. Puisque l'amour n'est plus. Que je ne peux même pas l'écorcher. Alors j'entame la guerre d'ego. Stratégique coït énoncé. Pour que son geyser sperme noie *Sperma ejecta est* les derniers stigmates de toi. Dernières blessures irréductibles. Cicatrices ouvertes et Gauloises encore trop vivaces aux embruns. Métamorphose du homard à l'armoricaine. Allez viens là petit bonhomme rends donc les armes et à César ce qui lui appartient. Zizanie au domaine des dieux. Lucrèce Borgia chez Astérix. Je ferme les yeux. Son sexe me pénètre comme si de rien n'était. Je crois que si je monte sur lui j'arriverai à l'orgasme. Je suis clitoridienne et j'aime bien Andromaque. C'est une question d'éthique.

★

Au bar, Daphné s'ennuie souvent. Il peut s'écouler cinq heures sans qu'un seul client rentre. C'est très long, cinq heures, voyez-vous. Surtout en écoutant Lara Fabian. Alors, pour s'occuper, elle lit. Parfois une phrase la rassure. Elle referme l'ouvrage et dit à ses compagnes : « L'amour est un acte sans importance, puisqu'on peut le faire indéfiniment. »

*

Quinze jours avec lui, et deux mois depuis toi. Pourtant tout reste en place. La douleur semble immuable et c'est très agaçant. Je joue pourtant le plus juste possible. Je veux croire en Stanislavski. Je me dis qu'il est beau que son ventre est très doux qu'il a l'esprit mutin et que JE LE MÉRITE. Bien sûr il n'est pas très brillant. Et un peu bas du cul. Mais son regard m'empêche d'aller vous trucider. Quand il me remplit le soir, sa bouche contre la mienne, je me concentre très fort. Alors je sens ton souffle qui s'irradie en elle. Je donne quelques coups de reins pour perpétuer le charme. Je vous fais naître en nous. Je vous entends jouir en guirlandes. Je serre ma paume contre mes hanches pour vérifier que ses bourrelets à elle n'en profitent pas pour se capitonner. Quand il décharge, je souris. Vous repartez pour son appartement. Vous traversez Paris sur la pointe des petons. Et je me dis que moi aussi je peux baiser pour le plaisir. Que tu n'es pas le seul. Que Daphné est polie et qu'elle reste à sa place. Qu'elle me laisse les week-ends et les fins de soirées. Que je refais ma vie, et même en fragmenté. Que je dois être jolie. Que tout va s'arranger. Qu'à force d'exorcismes les traces devront céder. Le pire n'est donc plus à venir. Puisqu'il est *déjà* arrivé.

Nous sommes en juin et il fait beau. Ce matin je décide d'en finir avec toi. Au téléphone nous aboyons. Je t'insulte un peu mais le cœur n'y est pas. Je descends au café du bas de l'avenue. Le patron me salue qu'elle est triste aujourd'hui la petite demoiselle. Je lui réponds c'est vrai. Je commande un Coca et dis Richard est mort. Je pense que c'est plus simple. J'en parle avec Daphné. Elle me dit oui d'accord alors on doit pleurer. Elle posera sa soirée. Rapport à l'enterrement. Ça fait un drôle de choc tout de même. Je revois lentement nos meilleurs souvenirs. Daphné regarde aussi puis cisaille la bobine. Elle soupire et m'explique qu'elle est de la famille. Qu'on ne peut rien contre ça. La fatwa génétique ça ne peut pas se calculer. Par contre, les dommages, si. Elle rit instinct de survie et m'emmène chez le fleuriste. J'achète une grande couronne. Le marchand est gentil. J'écume méthodiquement toutes les lignes de métro. Dans les wagons des gens s'épuisent de compassion. J'accepte leurs Kleenex et dis Richard est mort. Une dame me touche l'épaule et sa voix s'estompe qu'elle comprend. En fin d'après-midi, les fleurs sont défraîchies et j'ai froissé ma carte orange. Filles du Calvaire, je croise Sophie. Elle blêmit demande qui. Je réponds Richard elle sourcille il est chez Thomas elle en sort je dis c'est surprenant elle demande ça va t'es sûre que ça va j'ai des grumeaux au cervelas et des rapsodies aux ovaires elle insiste je hurle c'est maman maman maman est morte si c'est vrai je retrousse ma jupe pour danser le quadrille les murs de la station sont très gris chaque molécule est un point gris je préviens attention les murs les murs se désintègrent les murs fuient je regarde sous mes pieds et je vois la terre labourée mes talons s'enfoncent dans les mottes boueuses des brins d'herbe acérés fourmillent je m'accroche au bras de Sophie mes ongles déchirent le coude cagneux je ne veux pas glisser ma peur infiltre l'argile je crie c'est une erreur le sol s'ouvre des milliers de petits cailloux des milliers de petits yeux mous éclats jaunes dans l'obscurité la sueur goutte le mercure rebondit ils m'appellent Sophie tu entends *ils m'appellent* ils disent viens viens revoir maman ils sont là Sophie ils sont là je t'en supplie fais attention ils commencent toujours par la langue après ils dévorent le côlon ils chantent mais faut pas écouter faut surtout pas sinon on se transforme en arrosoir et puis c'est facile d'insinuer qu'Emily Dickinson était frigide hein c'est pas très malin non non pourquoi mes doigts s'effritent je prends le thé sans sucre pourquoi mes doigts s'effritent pourquoi mes doigts s'effritent alors le chat de Chester est descendu de l'arbre et m'a collé une baffe tu es en avance qu'il a dit EN AVANCE ENCORE EN AVANCE TERRIBLEMENT EN AVANCE. Les civières d'ambulance c'est pas très confortable.

★

Nous sommes en juin et il fait beau. J'ai de nouveaux médicaments et lui des examens de fin d'année. Son université n'est pas loin de chez moi. En plus sa mère est folle et sa sœur fait du bruit. Je dis que bon d'accord si ça peut l'arranger. Il n'a qu'à prendre quelques affaires et rester durant cette période à la maison. Daphné fait la gueule. Elle doit se changer dans le taxi et cacher ses guêpières. Moi je fais du baby-sitting à partir de vingt heures. Il sera tranquille pour bosser. Je dis à Daphné que quand même une semaine c'est pas grand-chose elle va pas me gonfler. Et que si ça se complique trop, elle posera des vacances. L'appartement est minuscule. Je libère une étagère de l'armoire et dégage le bureau. Le lendemain après-midi, je découvre sur le pas de ma porte un réfugié albanais croulant sous un sac à dos Décathlon à fond la forme et une dizaine de sacs plastique grande taille siglés Ed l'Épicier. Alors, c'est pas de ma faute.

148

ÉTUDE SOCIO-PSYCHOLOGIQUE
DU SUJET

— Profil du sujet

Caractéristiques :
Individu mâle. Vingt-quatre ans. Origine et nationalité françaises. Constitution physique normale. Légère surcharge pondérale.

Statut social :
Célibataire sans enfants. Étudiant en premier cycle de philosophie, université Sorbonne Nouvelle. Domicilié en grande banlieue chez sa mère. Milieu social moyen.

Signes particuliers :
Réactivité émotionnelle particulièrement élevée à l'évocation du principe de lutte des classes. Fascination morbide pour l'arrivisme, accentuée par une absence de moyens stratégiques et intellectuels permettant son accès. Caractère lymphatique. Augmentation de la pression artérielle lorsque le sujet est soumis à des référents familiaux. Complexe d'Œdipe vivace. Au terme

d'une première et brève analyse, le sujet peut être assimilé à la catégorie F 45 bis, regroupant les adolescents rebelles de plus de vingt et un ans, dont l'activité principale consiste à éructer contre les rouages broyeurs de cette Société Capitaliste Pourrie Qu'Il Serait Temps De Foutre En L'Air tout en se bâfrant de Curly sur une chaise pliante pendant que les bières refroidissent dans la glacière.

— Mise en situation
Gestion du stress provoqué par les partiels du second semestre universitaire, dans un nouvel espace hodologique, en corrélation avec la confrontation quotidienne à un individu femelle du même âge.

— Facteurs spatio-temporels
L'espace proposé au sujet durant l'expérience se découpe en trois lieux, chacun étant de superficie réduite :
    — Le laboratoire (35 m^2).
    — Le café du bas de l'avenue (surface occupée 1 m^2).
    — Les salles d'examens de la faculté (densité 17 étudiants/m^2).
La durée de l'expérience est initialement fixée à sept jours, dont cinq comporteront la fréquentation journalière de l'Université pour une durée de

quatre heures, plus une demi-heure de socialisa-
tion estudiantine.

— Déroulement

Le sujet sera quotidiennement soumis à un
enchaînement situationnel, lors duquel il sera
exposé à divers *stimuli*, tout en devant assouvir
ses besoins primaires et instincts vitaux :

— Délimitation et occupation du territoire
(se loger).

— Préparation et absorption des repas (se
nourrir).

— Entretien du linge et choix vestimentaires
(se couvrir).

— Pratiques sexuelles variées (se reproduire
quoique).

— Discussions intellectuelles ardues (se faire
mousser).

— Harangues *antisocial-tu-perds-ton-sang-froid*
(se donner un genre).

OBSERVATIONS

— Premier jour :

Rapport territorial. Le sujet ne pouvant mar-
quer sa prise de possession de l'espace par

quelques jets d'urine le long des plinthes, puisque nous sommes en présence d'individus socialement intégrés ayant lu l'ouvrage de Nadine de Rothschild consacré aux bonnes manières, divers objets personnels sont disposés comme suit par le sujet à travers le laboratoire :

— *Pièce principale* : vingt-sept CD dont vingt-deux n'appartenant en rien au cadre consensuel musical tacitement évoqué au préalable par la femelle, qui est quand même chez elle, nous tenons à le rappeler. Trois livres d'Emmanuel Kant, deux de Heidegger, cinq *Profil d'une œuvre* se rapportant aux ouvrages cités précédemment, six autres volumes divers issus du programme, l'intégrale de Proust, une édition reliée en tissu vichy rose et illustrée de *La Comédie humaine,* une dizaine de romans, ainsi que quatre albums de BD, dont *Zarathoustra au pays des Schtroumpfs* et *Gargamel contre l'Antéchrist* (Collection *Nietzsche raconté aux enfants et même à la concierge,* Dargaux Éditeur). Un sac Édouard Leclerc de petite taille contenant du matériel scolaire, et un moignon de croissant rassis.

— *Chambre* : une Playstation, directement branchée défectueusement sur le téléviseur (ayant pour conséquence directe d'interférer sur l'enregistrement initialement prévu d'épisodes inédits d'une série américaine dont nous tairons le nom par égard envers la femelle), trois jeux virtuels, dont un RPG en japonais non sous-titré, une tablette de chocolat Milka entamée, un Blanco mal rebouché, une tache de Blanco sur la couette Descamps, un walkman, seize cassettes audio, treize vidéos, dont *L'Incroyable Histoire du petit Grégory*, *Le Silence des Agneaux*, *Les Bronzés font du ski* et *Une Toison nommée Founa* (Colmax Vidéo, disponible sur catalogue, réf. 429). Sont aussi disséminés quatre pulls, six tee-shirts, trois chemises, un blouson en toile, un blouson en cuir, cinq jeans autrefois propres, une bouteille de Coca éventé et un sac à dos contenant du linge sale.

— *Salle de bains* : une pochette Carrefour contenant divers ustensiles liés à l'hygiène masculine. Soit une vingtaine de rasoirs Bic, un gel douche Supemarché U, une bombe de mousse à raser Gilette, un stick déodorant Mennen pour nous les hommes, un gant de toilette moisi, un shampooing antipelliculaire vide et une chaussette rabougrie anciennement beige ou verte ou mauve.

Au stimulus auditif *C'est quoi ce bordel*, le sujet répond par un sourire niais, puis propose d'exposer les principes du jeu virtuel japonais en version originale non sous-titrée. Dans la mesure où le sujet n'a pas fait Langues O., le scénario se résume à exterminer tout monstre rencontré au cours de la partie et à *avancer*. Au bout de quatre heures vingt-sept de démonstration convaincante (le personnage est coincé dans une pièce close, l'unique porte de sortie ne s'active qu'à la composition d'un code secret délivré après avoir correctement répondu aux questions du Boss, enfin on suppose), le sujet constate l'assoupissement de la femelle, et la réveille car il a faim. Celle-ci ne se pliant pas à sa requête, il se dirige en maugréant vers le coin cuisine, jusque-là épargné par son marquage territorial, puisqu'il est bien connu que c'est la place des bonnes femmes, et y ouvre un paquet de chips qu'il abandonne, une fois repu, sur le canapé. Rassasié, il tente une approche à caractère sexuel sur la femelle endormie. Celle-ci se refuse. Au stimulus *Va plutôt réviser ton partiel de demain*, il réagit immédiatement. Conditionné pavloviennement, il se dresse et va s'asseoir sur les chips, où il feuillette ses cours en ingurgitant cinq cents grammes de bananes Haribo sans avoir mal au cœur. Les friandises achevées, il revient dans la chambre en claironnant ça y est j'ai fini dans l'oreille droite de la femelle, puis il se rue sur elle.

— Deuxième jour :

Sept heures trente-deux : le sujet doit se rendre à l'université à neuf heures. Dans la mesure où nous sommes samedi, la femelle est insoumise à toute contingence temporelle et souhaite faire la grasse matinée. Cela contrarie passagèrement le sujet, qui, lui, souffre du dur labeur estudiantin.

Aussi hurle-t-il sous la douche un gai refrain du groupe pop Ministry. Au cas où la femelle n'aurait pas parfaitement saisi le message, le sujet met en volume seize sur la platine un album guilleret et primesautier, interprété par une bande de sympathiques jeunes gens réunis sous le nom de scène de Métallica. La femelle sort hirsute de sa tanière et s'entend sommer de préparer le café. Or de café il n'y a point, car dans le rituel matinal de notre femelle, seul le thé a cours. Trouble de l'habitus chez le sujet. Désarçonné, il obtempère lorsque la femelle lui impose de le boire dans un bar. La femelle coupe la chaîne et va se recoucher.

Huit heures quinze : retour du sujet. Mécontentement apparent : il n'y a nulle Craquotte dans le placard de la cuisine. Or il a faim, et le matin sa mère lui prépare des Craquottes. La femelle lui propose d'acheter un croissant en chemin car il va être en retard et elle redoute parallèlement de péter une durite. Le sujet, s'avouant de bonne grâce pécuniairement démuni, quémande de l'argent pour ce faire, ainsi que deux tickets de métro. La femelle lui donne un Montesquieu et un carnet. Une fois la porte refermée, elle tente vainement de retrouver le sommeil, puis téléphone à Marianne, qui est à son bureau de bonne heure, en lui demandant comment faire avec un blaireau pareil.

Quatorze heures trois : le sujet rentre, particulièrement inquiet. Son examen s'est visiblement mal passé. Il s'épanche sur sa douloureuse condition de Macquart dans un monde de brutes, puis s'emporte et braille debout sur une chaise qu'il faut terrasser les bourgeois. Il est très rouge et s'agite beaucoup. La femelle ne pipe mot, et roule un pétard. La réaction du THC sur le sujet n'est pas celle escomptée. Aux premières bouffées, aucun changement ne s'opère. Au bout de la septième, ses yeux se troublent légèrement, devenant progressivement vitreux. Une pigmentation viride apparaît sur ses pommettes, puis s'étend à l'ensemble du visage. Son débit oratoire s'accélère, ainsi que son intensité sonore. La logorrhée dure environ quatorze minutes. Puis le sujet se fige. Après une courte pause aphasique, il se lève et va vomir dans le lavabo. La femelle sort faire des courses.

Seize heures trente : le sujet a repris conscience depuis peu, et déclare être hautement incommodé par l'odeur de Destop. La femelle propose une promenade. Il refuse énergiquement, car il doit réviser. Deux partiels ardus l'attendent le surlendemain, il n'a pas que ça à faire, lui. Les effluves le perturbant, il décide de travailler au café. La femelle l'y encourage vivement, espérant avoir un peu la paix. Mais elle a omis un paramètre dans son analyse : le sujet ayant récemment intégré psychologiquement la notion de *couple*, il réclame sa présence à ses côtés, qu'il juge réconfortante.

Dix-sept heures cinquante : le sujet consomme son troisième demi. La femelle en est à son septième whisky-Coca. Le sujet profite de la promiscuité d'une oreille attentive pour exposer le Prédicat de Kierkegaard. Cela lui permet, paraît-il, de développer sa fibre pédagogique tout en clarifiant ses connaissances. Une agitation physique est notable, ainsi qu'une forte agressivité verbale lorsqu'il est contredit. La femelle se dit qu'elle va finir alcoolique et que le prochain qui la sautera dans le cadre de sa vie privée sera en BTS Chaudronnerie.

Dix-neuf heures trente : de retour au laboratoire, le téléphone sonne. Pendant toute la durée de la communication, le sujet semble à l'affût, tournant autour de l'appareil à la manière des Papous de Nouvelle-Guinée lors de la chasse. À plusieurs reprises, il effectue d'étranges contorsions faciales, doublées de regards craintifs et inquisiteurs. Il répète à mi-voix des bribes de conversation saisies au vol en dodelinant du chef d'un air inspiré et mystique, comme les moines cisterciens en prière. La femelle raccroche, et l'informe que le coup de fil émane de son ami Patrick, qui lui propose une fête pour ce soir. À ces mots, le sujet ne se sent plus de joie, et ouvre un large bec sans en lâcher sa voix. Après un mutisme de deux heures vingt, et force interrogations de la femelle, il finit par s'exprimer. Il se décrit comme très mécontent et attristé. Car sa condition de travailleur acharné ne peut lui permettre d'assister à une quelconque surboum. La femelle avale un tube d'antihistaminiques qu'elle croit être du Bromazépam, et tente d'amorcer le *dialogue*, s'appliquant à mettre en exergue qu'elle est tout à fait consciente de la situation, mais que cela ne l'empêche en rien d'y aller *elle*, sans compter que son absence créera un climat de calme absolu, propice aux révisions. Ce petit briefing déstabilise grandement le sujet. Une intense activité des glandes lacrymales est notable. On remarque aussi une contraction tétanique du visage et des avant-bras. La respiration devient difficile. Le cerveau est moins bien irrigué. Après un laps de temps, le sujet balbutie qu'il est très seul, que personne ne l'aime et qu'il est un peu jaloux. Le scientifique aura soin de souligner ici cet intéressant cas d'école de paranoïa juvénile. La femelle, quant à elle, se contentera de rappeler Patrick dans les toilettes en chuchotant sur son portable qu'elle sort avec un gros con.

Vingt-deux heures trente : les antihistaminiques ayant fait effet, la femelle est en proie à un sommeil agité, où elle connaît l'extase dans les bras d'un employé du Gaz.

Vingt-trois heures seize : apparition du sujet, qui, un tantinet indigné, s'étonne qu'on ne mange jamais décidément dans cette maison. La femelle fait un compte rendu minutieux des victuailles dont regorge ce qui répond communément à l'appellation de réfrigérateur. Et donne de concert un alléchant aperçu des myriades de possibilités offertes par leur combinaison avec les ustensiles à demeure et cette merveilleuse avancée technologique qu'est la plaque de cuisson. Le sujet s'assoit sur le lit fort désappointé, et répond en regardant fixement ses Doc Martin's qu'il ne sait pas se faire à manger tout seul, puisque normalement c'est sa mère. Aucun trouble physiologique n'est détecté lors de cette dernière phase. La femelle tente un repli stratégique, soudainement concentrée par la lecture de *Paris Boum-Boum*. Le sujet se tortille, manifestant sa faim par une série de tressaillements de l'arrière-train, ponctuée d'onomatopées ciblées, telles que miam miam ou slurp slurp.

Vingt-trois heures trente-sept : épuisée par la torture psychologique, la femelle se dirige vers la cuisine, et signale qu'elle s'apprête à concocter des pâtes. À cette seule évocation, le sujet devient particulièrement réactif, sa pression artérielle s'accélère, ses glandes sudoripares sont en surproduction, et il s'allonge de lui-même sur le divan du salon pour laisser libre cours au récit de son trauma Lustucru. Depuis qu'il est en âge de se nourrir d'autre chose que de petits pots Blédina, sa génitrice, de tout temps, lui fait des pâtes. Ses cauchemars ont des allures de cannellonis et ses névroses s'entortillent au rythme des spaghettis-coquillettes. La femelle prend conscience que le sujet est totalement irrécupérable, et que de ce fait, il y a sûrement matière à s'amuser un peu. Mais plus tard. Elle le gratifie d'un t'inquiète pas patapouf en lui tapotant le derrière, constate un sourire béat, et prépare des blancs de poulet au curry. Pendant la cuisson, elle met le couvert, puisqu'en dépit de la demande rééditée quatre fois le sujet semble ignorer les clefs de cet étrange rituel.

Minuit cinq : la femelle crie que c'est prêt, alors que son inconscient lui signale qu'elle a déjà vu ça quelque part. En réceptionnant ce stimulus, le sujet surgit, s'attablant avec une agilité étonnante. Il saisit ses couverts fermement, puis, comme sous l'effet de l'hypnose, scande à l'aide du manche de son couteau le code de l'Algérie française, pendant que ses yeux roulent dans leurs orbites, et qu'un filet de bave lui coule jusqu'au menton.

Minuit vingt : la femelle s'injecte de la morphine en intraveineuse, et se fout absolument de ce qui peut se passer.

— Troisième jour.

Prétextant que c'est dimanche, la femelle s'enfuit chez sa grand-mère qui lui propose d'entrer au Carmel, afin d'enrayer les facteurs principaux de ses troubles existentiels. Elle ne réintègre le laboratoire qu'à quatre heures du matin, pour s'assurer que le sujet est hors d'état de nuire.

— Quatrième jour.

Huit heures et quart : le sujet se réveille en sursaut. Puis constate qu'il s'est trompé d'une heure. Afin d'utiliser à bon escient ces soixante minutes de rab sur le timing initial, il s'approche de la femelle sur laquelle il tente une saillie, car il paraît qu'elle lui a beaucoup manqué. Cette dernière le laisse faire, car elle a des projets le concernant, et préfère le prendre dans le sens du poil, on sait jamais.

Neuf heures deux : le sujet prend sa douche silencieusement puisque tout le monde est réveillé.

Neuf heures trente : le sujet exulte devant son bol de Nescafé, substance lyophilisée issue des réserves de Simone Bouchard, voisine de palier de la grand-mère de la femelle. Puis son visage s'assombrit face à l'outrage : la femelle ne lui a pas beurré ses Craquottes et il n'y a pas de gelée de groseilles.

Neuf heures quarante-quatre : le sujet gémit car il n'a plus de sous-vêtements propres. La femelle lui suggère de conserver ceux de la veille, et de résorber le problème à son retour, en se rendant à la laverie automatique qui jouxte l'immeuble. Un soudain rougissement apparaît sur toute la surface épidermique du sujet. Des tremblements convulsifs prennent possession de son corps, tandis que sa carotide gonfle dangereusement. Pris de sanglots spasmodiques, le sujet exprime l'effroi qu'éveille en lui la laverie automatique, lieu inconnu peuplé de pièges. La femelle tente une brève explication technique, et un désamorçage de la névrose. En vain. Le sujet reste réfractaire à toute utilisation de lave-linge. D'ailleurs, aussi loin qu'il se souvienne, cette tâche est confiée à sa mère.

Dix heures douze : le sujet part à la faculté. La femelle rédige la liste des outils qui lui seront nécessaires pour se divertir un peu ce soir. Puis elle commence à réunir les divers effets personnels du sujet dans un sac poubelle deux cents litres. Ce faisant, elle découvre par inadvertance un détail aussi glamour qu'interpellant : parmi le tas de linge sale que le sujet comptait lui faire laver il y a une demi-douzaine de SLIPS PLEINS DE MERDE.

Grâce à cette nouvelle donnée, nous sommes en capacité actuellement de pousser plus avant nos conclusions quant aux règles comportementales animant le sujet. Nous pouvons désormais avancer que dans la phase succédant immédiatement celle de la défécation, le sujet NE SE TORCHE PAS. En consultant ces notes, la professeur Amélie Killigan, de l'Unité de Recherche de Sous-Humanité, a émis une hypothèse psychanalytique qui mérite d'être citée :

« [...] Totalement dépourvu d'autonomie, jusque dans ses actes les plus intimes, le cas Vincent P. étudié par une consœur française en juin 1998 est en incapacité de se torcher le cul lui-même. Or à quoi renvoie cette activité de torche dans son inconscient, si ce n'est au stade anal, où, durant sa petite enfance, le sujet appelait sa mère une fois la défécation achevée, afin qu'elle lui nettoie l'anus. Un double plaisir y était lié. Dans un premier temps, l'enfant éprouvait un plaisir sexuel, issu du contact trouduculien avec les doigts maternels, la feuille de papier hygiénique symbolisant l'interdit de l'écran-Surmoi régulant les pulsions du Ça. Dans un second temps, lorsque la mère commença à l'éduquer, et entre autres à lui apprendre l'art de la torche, le sujet le prit comme un abandon. Pour retenir sa mère, il simula un dérèglement hygiénique. Mais contre toute attente, la réaction de celle-ci ne s'axa pas sur un retour au rapport initial, mais sur une intense culpabilisation. À chaque nouveau slip maculé, sa mère avait honte, persuadée d'être incapable de transmettre des valeurs culturelles élémentaires à son fils. De là, le sujet nourrit un plaisir sadique, lui permettant parallèlement de transférer ses échecs personnels sur les lacunes maternelles. Aussi, en présentant à la femelle ses sous-vêtements souillés, le sujet recrée cette situation fondatrice, lui exhibant ses traces de freins comme autant de manques dont elle serait responsable. Cet exemple met en relief un type particulier de répression masculine, jusqu'alors non répertoriée, qui en dit long sur les formes perverses et pernicieuses que pouvaient prendre les instincts d'anéantissement et de domination chez ces êtres retors avant la Libération des Grandes Cisailles [...] ».

(In *L'Homme, cet insecte nuisible*,
Éditions Perennitas Vaginas,
New York, 2027).

Midi vingt : après avoir fait ses courses, la femelle s'installe confortablement dans le canapé en lisant un roman de Brett Easton Ellis.

Quatorze heures : la femelle traîne le sac poubelle contenant les objets du sujet qui est très lourd, et pose en évidence les slips incriminés. Elle attend de pied ferme.

Quatorze heures dix : retour du sujet. Celui-ci ne prête aucune attention au monticule plastifié. Et pour cause : son examen s'est déroulé dans des conditions particulièrement désastreuses, rapport au complot protectionniste bourgeois qui tente par tous les moyens de l'évincer de l'université, seul accès au savoir et au génie qui puisse être à sa portée, et par lequel il pourrait mettre en danger mortel la classe dirigeante. Preuve éclatante de l'étendue de leurs moyens, le complot savait que le seul chapitre qu'il n'avait pas révisé portait sur la vision hégélienne de l'Histoire, puisque c'est là-dessus qu'il a été interrogé. Le sujet manifeste une grande fébrilité, et jette des regards suspicieux à la femelle.

Quatorze heures dix-huit : le sujet laisse en suspens ses arguments relatifs à la difficulté de devenir un penseur révolutionnaire lorsqu'on est pas fils d'avocat, en raison d'un vigoureux coup de poêle à frire assené sur le sommet de son crâne.

★

Le Parisien, 17/06/98 :

Le corps d'un jeune homme de vingt-quatre ans a été retrouvé atrocement mutilé sur un terrain vague du XXe arrondissement de Paris. C'est un groupe d'adolescents, appartenant au mouvement des Amis des Castors Juniors bretons, venu camper dans notre belle cité, qui a découvert le cadavre mardi soir, vers vingt-trois heures trente. Les autorités ont immédiatement été alertées. Celles-ci, avec l'aide du médecin légiste, ont pu affirmer que le décès remontait à la veille. L'autopsie a révélé de nombreuses traces de sévices qui, selon le docteur Bénassis, « pourraient s'inscrire dans le cadre d'un rite sacrificiel jusqu'alors inconnu ». En effet, les indices relevés sur la victime sont pour le moins troublants : il semblerait avoir ingurgité de force deux litres d'eau bouillante contenant une distillation de matière fécale, avant d'avoir été bâillonné à l'aide de slips en coton. Son cou, ses membres inférieurs et supérieurs portaient des marques de liens, s'apparentant à du fil barbelé. Après reconstitution, il semblerait qu'il ait été abusé sexuellement. Les experts ont en outre constaté l'introduction anale d'une douzaine de Craquottes et d'un pot de deux cent cinquante grammes de gelée de groseilles sur le défunt. Selon toute vraisemblance, la section au cutter de la langue et des parties génitales de la victime auraient entraîné sa mort. On ignore tout des circonstances qui ont mené Vincent Poltlatch, que ses proches qualifient d'étudiant sans histoire, à cette fin tragique. Les enquêteurs du SRPJ, à qui l'enquête a été confiée, privilégient la piste d'un collectif satanique. À en croire certains renseignements, l'université fréquentée par le malheureux garçon, qui à la demande du recteur ne sera pas citée, compterait parmi ses étudiants un groupuscule de Gothiques. On ne saurait rappeler combien ces jeunes, adorateurs de musique à caractère démoniaque, ont su jeter la violence et le trouble dans les lycées américains dernièrement. Il serait donc probable que ces individus assoiffés de sang et d'actes morbides s'en soient pris à leur camarade. Une initiative du ministère de la Jeunesse et des Sports a été prise, en accord avec le ministère de la Santé, afin d'enrayer l'hémorragie. À partir de la semaine prochaine, dans tous les établissements scolaires d'Ile-de-France, des médiateurs iront à la rencontre des jeunes pour leur parler des désagréments organiques et autres dangers encourus lorsque l'on écoute Robert Smith dans le noir en mangeant des *cheese burgers* avariés.

★

La légende rapporte que lorsque Cronos tran-
cha les bourses de son père, les Érinyes naqui-
rent de ce sang répandu. Or tout porte à prouver que d'une opération similaire effectuée sur
un mortel, à défaut de Tisiphone, on obtient
juste une nuée de calliphores. Remarquez, c'est
déjà pas mal.

★

Je ne suis pas au monde. C'est pas moi qui
l'ai dit. C'est jamais moi d'ailleurs. J'aime pas
jouer aux osselets. Alors. Je ne parle plus. Je leur
laisse leur langage. Fossoyeur en pâture le lait
des pâturages les mamelles du destin. Déjections
onanistes. Cadavres dans le placard. Squelettes
Priape à la Sainte Trinité. Phalanges creuses
joueurs de flûte. Moelle suçotée pourléchante
bouffée sur toasts grillés saupoudrée sel de
Guérande quel délice. Société mâle. Archétypes
biroutés en ellipse. Éjaculatrice si précoce de
son vocable qu'elle en a oublié une kyrielle d'an-
tonymes. C'est beaucoup une kyrielle. Surtout
sans lubrifiant. Lâchant en jet obscurantiste sa
purée lexicale sur les rondeurs appétissantes des
axes para- et syntagma — *tiques tics tics et tics.*

Fourrés à la va-vite mais c'était tellement bon un soir où la grammaire avait ses règles.

La seule chose qu'on nous laisse c'est une place aux Atrides mais j'en ai marre de le répéter. C'est dans le sexe lui-même que se loge la tumeur cancéreuse. Métastase circoncise pour chimio millenium. Incantations en rut. Date butoir expirée. Électre a peur des mouches Oreste a un herpès Iphigénie fait du tricot Phèdre est scotchée sous LSD. Il y a une couille dans le potage. Je refuse de manger ma soupe et tant pis si ça fait grandir.

Éradication saule pleureur. On nous joue la métonymie. Mais voilà si la branche c'est l'arbre derrière lui c'est pas Brocéliande. Merlin est mort il y a un siècle. C'est Perceval qui me l'a dit.

Je vous déteste. Voilà pourquoi. Et ça, ça vous emmerde tellement que bien sûr vous aviez tout prévu. Ce que je pense *Ce que tu penses est innommable. Aussi sache bien, petite cocotte, que jamais tu ne pourras le nommer.* Je le sais mais qu'importe. *Un faux pas. Un faux. Un seul. Et je te crucifie le clito.* Ave César, celle qui est venue se faire disséquer pour toi te salue. *Grandes lèvres écartelées sous la couronne d'épines. Je t'aurai prévenue.* INRI la dépiautée. *Introduite Nazaréenne Retournée Ichoreuse. Les trompettes de la renommée sont moins cruelles à Jéricho. Parles-en à Phallope et on va rigoler. Ça t'apprendra à suivre les chemins du*

Seigneur. J'ai jamais eu le sens de l'orientation. Ça a dû échapper à mon code génétique. *Le Gland est tout-puissant et les voies de l'urètre sont impénétrables. Ne revendique que ta mitose originelle. Il n'a pas il n'a pas de suprématie vaginale. Juste une question d'hébergement. Ô doux respect procréatif Porteuses de vie et d'MST Nous vous aimons Ô poules pondeuses Vous êtes si tendres et mystérieuses Vos larmes poudrées scintillent en fleurs jeunes filles ou dames aux chapeaux verts Vous enfantez dans la douleur Beautés graciles et éternelles Petites putains aux cuisses dodues Muses élégiaques et pyrénéennes Et vous n'avez pas votre pareil pour faire le rôti de veau à l'ancienne avec de petits champignons.* La Guillotine s'est trompée d'organe. J'appelle les sorcières de Macbeth et tout Salem s'il le faut. Les pythies savent être patientes. Marguerite dit au Maître IL EST TEMPS car il paraît que la Terre tourne, chers anges. Et j'ai prévu le Primpéran. *Dilate donc tes pupilles, Cocotte. Allez vas-y. Fais un effort. Et vois. Apologie de l'auto-excision. Barricades mignardise putréfiée. Du cristal aux marquises de la brioche aux pauvres de la morve au pilon.* La primeur sur le fruit nous soufflera revanche la morsure pupura vengera la talure. Des ondées de pépins cribleront la mousson. *Aucun risque, Poulette. Fut un temps on a craint les Tampax usagés en pleine gueule. Seule s'érigea une queue d'inscrites ANPE. On vous a balisé l'Histoire. Cessez de croire aux contes de fées. Et*

*apprenez pour l'anecdote que Perrault est un révi-
sionniste. Le Petit Chaperon s'est fait becter avec ses
crêpes et le pot de beurre a servi au loup pour sodo-
miser la Mère-Grand. Allez, c'est l'heure d'aller au
lit. Et n'oublie pas ton Lyxantia.*

★

APPENDICE

— Sondage effectué le 27.10.98 auprès d'une
population mixte parisienne. Panel représentatif
âges et classes socioprofessionnelles. À la question : « Quel est l'antonyme du terme *misogynie* ? »,
ont répondu :

— Ne sais pas : 94 %
— « Misanthropie » : 6 %

— Sondage effectué le 15.11.98 sur une population mixte, composée exclusivement d'étudiants en second cycle à l'Université Paris X,
classe d'âge 20-30 ans. À la question « Y a-t-il
un antonyme au terme *misogynie*, et si oui, quel
est-il ? », ont répondu :

Femmes :
— Non : 60 %
— Oui : 20 %

dont — « misanthropie » : 17 %
        — « misandrie » : 3 %
— N.S.P. : 20 %

Hommes :
        — Non : 80 %
        — Oui : 10 %
            dont — « misanthropie » : 9 %
                — « misandrie » : 1 %
        — N.S.P. : 10 %

★

C'est pas le moment de s'écorcher le nombril. De chercher les orties ou le guide du mitard. Pourtant. Ça donne à paniquer. À Niddle Parc ou à Stockholm. À Milan Berlin Buenos Aires. Aux gradins pékinois. Jusqu'au fond de la rue Mouffetard même dans les placards à balais.

Ça paraît clair et évident. Nous l'attendons de vulve ferme le néologisme salvateur *Comme une chanson populaire*. Phallo-quelque chose j'en sais rien. Mais va probablement falloir s'accélérer le popotin. Parce que si ça continue il va y avoir des centaines de corps immolés à ramasser tous les matins devant les sièges du MLF, et les boueux vont faire la gueule.

★

« L'unique mot de la langue martienne s'écrit phonétiquement :

Ké-ré-keu-keu-ko-kex.

Il signifie tout ce que l'on veut. »

Blaise Cendrars,
Moravagine.

« En baisant le système à tout bout de champ, en détruisant la propriété sélective et en assassinant, une poignée de Scum peut prendre le contrôle du pays en l'espace d'un an. »

Valérie Solanas,
Scum Manifesto.

★

C'était hier.

Ce sera toujours hier. À Pâques comme à la Trinité. Génuflexion appliquée la bouche béante aux oraisons. Le plastique frotte. Aller-retour *ad libitum.* Le plastique frotte. Les muqueuses s'irritent. La langue s'orne de cloques. Petites. Dans la chambre : je veux en profiter dit l'homme. Sentence biblique des peine-à-jouir. Ses doigts s'impriment dans la chair de mon épaule nue. C'est la gauche il a une alliance poignard allons chercher Judith. Gerçures crissantes aux commissures. Douleur lancinante asséchée. Nuque endolorie par la crampe fermer les yeux fermer les yeux. Quitter interminables travellings avant arrière avant arrière. Ravaler la haine. Tasser le haut-le-cœur. Bientôt viendra la Rédemption. Plan fixe : pubis blond peu fourni parsemé poils argent. Voyez la jolie queue du démon de midi. Malgré son âge elle reste rubiconde. Et y a pas d'heure pour en manger. Le plastique gorgé se fait lourd. Lait de piété sous Cellophane. Il finit toujours par se remplir. Chaque problème a sa solution. Petite, on m'a dit d'être patiente. Ça finit au fond par servir. *L'exercice a été profitable, Madame.* Mes lèvres-anus assermentées suçotant blasphème au prépuce. Ne pas le regarder après. Ne surtout pas. Juste faire semblant de le voir. Ne pas non plus cligner des cils. Sinon il y a un risque galopant de laisser faire le naturel et le Missel charrie le sang ET LE MISSEL CHARRIE LE SANG. Le philtre d'amour est caoutchouc. La fille de joie pleure toutes les nuits. Et le lys dort dans la vallée.

L'homme se lève. Fait couler l'eau. Au loin ricochent bruits d'ablutions. Je me rhabille. Fais craquer ma mâchoire. Palpote deux fois Marie Curie. Méfiance aux radiations virides : mais si ça en valait la peine. Mais si mais si mais si mais si. Il m'appelle ma chérie et me dit à bientôt. Ils m'appellent souvent ma chérie. Surtout après giclé sale chienne. Dans l'ascenseur miroir terni. Je me regarde prunelles iris en susurrant *Je suis une pute* comme jadis d'autres *J'ai un amant.*

Réception tailleur bleu marine me scrute à son tour et je sens. Oui c'est sûr. Non je ne suis pas une héroïne. Juste une pisseuse âme vitriol qui fait des passes pleines de soucis. Je rentre au bar et c'est mon jour. Stakhanovisme au tapinage. Équarrissage cuissé nylon lycra embaumés relents Taylorisme. La lumière est crue. Le dessus-de-lit beige. Les hôtels se suivent et se ressemblent au pas. J'ajuste mon balconnet. Passe un ongle sur mes bas. La peau est blanche et fraîche. Je suis si fatiguée. Il s'écrase sur mes chairs. Dos au matelas le ventre creusé sous la charge. Les lombaires craquetantes s'ostéosent patentées aux aléas Dunlopillo. Et là. Encore une fois. Ne pas voir. Non non non je dis : non. Surtout. Ne pas voir. Ni la queue acérée qui pénètre en cadence. Ni la moue qui s'odieuse sur la bouche limacée. Ni la contraction torve qui psalmodie grêle. Ni la rougeur qui lui voile tout sauf le front. Ni le torse veule qui luit de sueur ni la jugulaire qui se gonfle ni le classique brillant des yeux ni les canines qui se retroussent ni la moustache qui pousse au crime ni les tétons qui se distendent ni la salive qui coule un peu. Ni. Ni. Résistance.

Comment garder son corps *à soi* quand on le loue. Comment à soi son corps garder. Frigidité sur commande VPC. Parfois Vert Baudet salvateur *Mon âne mon âne a bien mal à la tête* orgasme envers et contre tous. Clitoris en *free lance*. Jouissance exonérée d'impôts. À l'abattement les rabattages. Frigidaire Messaline fouet électrique battez les blancs battez les durs qu'importe. Oui. Qu'importe. Du moment que c'est moi et moi SEULE qui CHOISIS. Maîtrise je dis : Maîtrise. Mais quelle que soit l'orientation bifurcation sens et émois à l'orée de la Grande Girouette maîtrise je crie MAÎTRISE. Et pour l'histoire rien de nouveau. Quels que soient les Points Cardinaux. Je dis : ne JAMAIS regarder. Ça évite les traumas et noie les souvenirs. Les putes sont amnésiques. C'est là leur seul salut.

Lourd en poids mort il me baise encore encore encore et. Encore. Il faudrait abréger. Comment dresser la bête *le Ciel s'est déchiré* quelqu'un m'avait prévenue mais je ne sais plus qui. Crampe d'airain au tendon. Seins usés pèlent et croûtent. Stratégie repliement *Allô Papa Tango Charly* changer changer de position *Répondez nous vous cherchons* je me retourne cul tendu bestiole cirque élimé. Discours des corps glossaire méthode et tectonique des cartes sur table. Bâton rompu. Fissures brisées virales et méthadone. Il parle tant il parle trop. Vacciné aiguille à phono *aime les sucettes* bouillie porno et glaires d'amour *les sucettes au suif* et ça m'écœure et ça suffit. Je le *sens* que tu me bourres crétin. J'ai pas la chatte en silicone. Avec tes vingt-cinq centi-mètres y a pas de risque pour que je t'oublie connard. C'est pas la peine de m'expliquer. Pourquoi devoir me l'expliquer. Recracher en boucle le lexique en vérifiant qu'il n'oublie rien cochonne salope putain petite garce grosse truie t'aimes ça tu la veux elle te plaît elle est bonne t'en redemandes hein pétasse je vais te baiser te sauter te défoncer te niquer te bourrer te tron-cher te fourrer te mais oui mon ange vois comme je mouille. Il a payé deux mille pour ça. Pas de risque que je me relève en disant poussin ce soir j'ai la migraine. Des gouttes de sueur tombent sur mon dos. Tièdes. Puis rapidement froides et gluantes. Quand elles coagulent en rigole : petite flaque moite au creux des reins. Possession éreintante infinie. Pérennité de la souffrance. Cristaux déliquescents de rage. Acuité des mou-vements accrue. Mécanique moribonde du coït annoncé. Chronique rut barbarie virilité-jacule. Rejet Marie-Madeleine. Combien de sourires sycophantes. Comme la fourchette d'argent que la Merteuil s'enfonçait sous les ongles en crâ-nant. Combien de supplices Ultra Brite. Com-bien de fossettes fossoyeur. Non ça ne peut pas se calculer. Calculez, putains, calculez.

Quand ça traîne trop je réalise. Il ne faut pas réaliser. Surtout pas. *Tout est normal y a rien à dire tout est normal.* Alors. Je quête à en *perdre la tête* strangulée *dans des bras audacieux.* Fixation jusqu'aux larmes d'un coin de l'oreiller d'un liseré du drap blanc d'un grain sur la moquette d'une peluche sur la laine d'une lézarde au plafond de la repousse inopinée de ma peau sur les cuticules. Le Graal de la lobotomie. Le doigt du Roi Pécheur me malaxant la moule. Vulve bleue tuméfiée. Grondement de l'impuissance. Souffle court. Les valves défoncées à grands coups de bélier. Tirez la bobinette et la chevillette chairs à ras. Morceaux de bronches qui volettent en éclats. Ces petits poings qui cognent *le poumon le poumon vous dis-je* la mouflette a une voix de tête qu'elle a dure soit dit en passant je l'entends je l'entends vous dis-je impossible de la bâillonner.

Bordel(s). À qui la faute. Laisse donc ça va passer. Chorégraphie Guignol. Au lac des Signes noyée. Ma cuirasse a des fuites. Me voilà inondée. Noyée Noyée Noyée Daphné fond sous la foudre. Le sucre est humecté. Noyée Noyée Noyée Noyée Noyée Noyée Noyée le sucre s'est liquéfié. Noyé le petit canard. Le petit canard. Coin coin coin fait le petit canard mais dites-moi il est bien vilain bien vilain ce petit canard quand il se noie il fait coincoin il fait COMME JE VOUDRAIS QU'IL CRÈVE *Chloé Chloé* là. Maintenant. *Chloé Chloé Chloé* tout de suite. *Eh Oh Ce matin y a Chloé qui s'est noyée dans l'eau du ruisseau j'ai vu*

ses cheveux j'imagine son cadavre flotter là-bas
sous qui se vide *les chênes on aurait* timides flatu-
lences *dit une fontaine* qui verdit *quand Chloé a
crié* qui se raidit *quand sa p'tite tête* qui s'envahit
de vers *a cogné* blancs hardis et *Chloé a coulé*
juteux *c'est sûr qu'elle* plus un poil ne lui pousse
avait pas pied la gencive fond mollement *Chloé
ma moitié* globes oculaires perdus *ce matin s'en
est* aux tréfonds inconnus de *allée ton cœur* cet
obscur objet du désir *petite sœur va* viscères
boyaux entrailles *sans doute devenir* andouillette
et belle *fleur sous les saules* charcutaille suintante
qui pleurent l'eau et bientôt dévorée *est de toutes les*
ce corps un jour sera mort *couleurs lala lalala*
dans une heure une soirée une *lala lalala lala*
semaine un mois quelques *lalala lala lalala* saisons *lala lalala.* Mon vagin est empli par l'in-
concevable biroute décavée d'un non moins *lala*
plus improbable macchabée gigotant *latala lala
lalala* qui peut casser sa queue si si on sait jamais
et là comment je fais bien sûr ça n'arrive pas ça
ne pourrait pas arriver mais au cas où sa queue
se casse. Net. Et reste en moi utérus piège à
loups pour amorcer sa décomposition. Le gland
poreux qui s'effrite sous-bois compost cueillette
tardive des champignons. La chatte s'enhardit et
se pare. Coquette. Striures violines et vérolées.
Peste choléra au corridor. Lice est l'almée virus
trémoussant aux sept voiles la tête tranchée JE
SUIS VIVANTE.

Me redresser. Lui laminer le visage ongles miroirs Locus Solus connaît bien la formule. Le mordre au sang et le cogner le cogner comme un sourd. Comme un sourd qu'il est. D'ailleurs. En définitive. Lui arracher les couilles les oreilles et les hématomes byzantins et au secours maman. Je n'assume plus les transfusions. Je suis témoin de Jéhovah. Ils me tariraient trop les veines. Le garde-manger fourmille de mycoses tendres. Mon entrejambe a dépassé la date de péremption. À force à force.

Gardez votre haleine parsemée relents foie malade et cirrhose du cœur. Intestin grêle agonisant. Images d'Épinal défilant à chaque coup de boutoir. C'est peut-être le dernier. Alors lui il s'agite. Il déverse son vivant. Grésillement à l'échine. Ses souvenirs projection cinématographe. Cramouille remplie radio pirate une dame blonde sourit fait tourner un cerceau du fond de sa chaise-longue un vieux monsieur lance un ballon. L'herbe est haute. Les cigales prolixes. La TSF chante Aznavour. Un chien tacheté lèche mes mains interférences. Fréquence Grandes Ondes et Petite Mort. Je lance un appel. Un appel au micro. Corps trépassés restez à votre place. Même Lachésis vous en conjure. Vous êtes une erreur d'aiguillage. Et elle s'y connaît en fuseau. Je répète vous êtes une

ERREUR D'AIGUILLAGE. Jamais Cerbère n'aurait dû vous laisser passer. Allez répandre la mort ailleurs. On ne pardonne pas à Orphée. Et la curiosité est un vilain défaut.

*

« La prostituée est un bouc émissaire ; l'homme se délivre sur elle de sa turpitude et il la renie. »

Simone de Beauvoir,
Le Deuxième Sexe.

« L'homme a besoin de boucs émissaires sur lesquels il peut projeter ses lacunes et ses imperfections et sur lesquels il peut défouler sa frustration de n'être pas une femme. »

Valérie Solanas,
Scum Manifesto.

*

C'était hier.
Ce sera toujours hier. Départ à Austerlitz arrivée Waterloo. Du ciment sous les plaines on connaît la chanson. Mes mains se gercent. Il fait froid évidemment il fait froid. On ne m'épargne rien jusqu'à la syncrétie. Je dois prendre un pull dans mon sac et ma voix de fausset aux archives afin de confesser plus tard voilà c'est moi et *J'ai*

tout vu. Là-bas ou à Hiroshima. Peu importe. Puisque. *J'ai tout vu. Tout.* J'ai vu ses bourrelets moirés. Ses fesses pendeloquant de désir. Ses seins vergetés par tes paumes. Ses reins usés au va-et-vient. *Ainsi je les ai vus. J'en suis sûre. Ils existent.* Là-bas ou à Hiroshima.

Comment aurais-je pu éviter de les voir. Tout. Vu. Ton obsession à la tirer. Le gland aux allures de Surmâle. Minauderie de zob rougissant. Les testicouilles se trémoussant en péronnelles au bal des DÉBUTANTES. *Quatre fois.* Ton obsession à la tirer à en oublier les rideaux. *Quatre fois.* Fenêtre sur court-bouillon en rez-de-chaussée cubiste. Exhibition volupté cotonneuse. Pendant qu'en vain j'asperge le présent ma mémoire et le miroir aux alouettes d'éther acétone dissolvant white spirit.

J'ai tout vu. Tout. Vos globules bicolores osmosés en ulcère. Vos tirades radieuses maculées. Vos ânonnantes incantations. Supplication du remplissage et autres suppôts défectueux. Les anaphores de la déconfiture. Tout. VU. Je dis un deux trois soleil *J'ai tout vu.* Là-bas ou à Hiroshima. Jusqu'à la dernière secousse. Séisme oiseux du râle comme je jouis mon amour. Jusqu'à la dernière goutte. *Je n'ai rien inventé.*

J'ai tout vu. Tout. J'ai vu la trace de ses ongles sur les murs. J'ai vu l'éclat verres et bordeaux. J'ai vu l'ambre clinquant de vos rires. J'ai vu votre ombre recousue. *Pour toujours. Je les ai vus.*

L'incandescence des caresses marmorines. *Du premier jour. Du deuxième jour. Du troisième jour.* Immolée en automne. Fulgurance candélabres. *J'ai tout vu. Tout.*

De retour au bûcher ma hargne n'est pas pucelle. Et je sais à présent.

De même que dans l'amour. J'ai vu que je n'avais pas ma place. Là-bas ou à Hiroshima. Bubons sucrés à Sainte Ludwine. Mort-aux-rats épicée au drageoir. Essaims canonisés bréviaire.

— Depuis je ne rêve qu'à rebours.

*

« La vérité fait mal parce qu'elle détruit une croyance ; elle ne fait pas mal par elle-même. »
Friedrich Nietzsche,
La Volonté de Puissance

*

Alors au même moment, les putes du monde entier, dans les bars les bouges les caboulots les studios les cabarets les mini-vans les caravanes les camions les coupés Mercedes sur les trottoirs les avenues boisées les grands boulevards les ruelles sordides les places publiques les halls de gare dans les chambres miteuses les suites somptueuses les hôtels du Nord les palaces les auberges touristiques les courants d'air sous les portes cochères la lune les réverbères le regard des concierges à Paris Manille Barcelone Tokyo Londres Pékin Lisbonne New York Cologne Beyrouth Dublin Tunis Vérone La Paz Bruxelles Ankara Brazzaville Glasgow Moscou Genève Sofia Dakar Lima Amsterdam Tripoli Rome ou Bourg-en-Bresse, TRANCHÈRENT TOUTES D'UN COUP SEC la queue bâtarde qu'elles avaient sous la main.

Ce ne fut même pas prémédité. Ça faisait juste un bon bout de temps que l'idée les *turlupinait*.

*

Vous seriez assise sur le lit. Les draps houleux à l'entrecuisse. Vous seriez assise sur *mon* lit. Lui debout tellement près. À côté. À *vos* côtés. Il s'approcherait lentement. Loup stérile en apesanteur. Le parquet craquerait mollement. Pour se donner une contenance. Automate contempteur négligence chaotique. De vous caresserait les cheveux. Démêloir sinciput. Vous retiendriez votre souffle. De crainte que l'un d'eux ne se casse. Vous fermeriez les yeux. Très fort. Des gerçures à l'orbiculaire. Vous vous diriez comme alors que vous étiez petite enfant : si le cheveu casse, maman meurt. Mais je crois que c'est impossible. Petite enfant vous ne vous disiez rien. Ou plutôt de très jolies choses. À cloche-pied sur le fleuri des plates-bandes pensées

magiques crèmes glacées vanille-fraise. Escar-
polette et balancelle. À chacun ses divans. Plus
ou moins stables en profondeur. Il regarderait le
soleil. Écarquillerait les rideaux. Il dirait : il fait
jour. Vous susurreriez que oui, que cela fait longtemps. Il demanderait combien. Vous lui diriez
que ça n'a pas d'importance. Pas d'importance.
Aucune. Que ça ne peut pas se calculer. Il ne
pleurerait pas. Car jamais il ne pourrait et ne
pourra pleurer. *Plus jamais.*

À présent vous diriez que vous aimez être. Être
ainsi. Tout court. Être *avec.* Vous souligneriez
cet *avec* à gros traits. Comme on fait claquer
les syllabes d'un mot violent et inconnu. Un mot
incongru. Étranger. Aux consonances obscures.
Vous vous approprieriez cet *avec* comme une
préposition inédite. Créée par vous pour vous.
Pour n'être entendue que de lui. Il ne répondrait
rien. Et sourirait devant l'emphase. Vous reste-
riez butée dans votre amphigourique amour. Et
vous vous sentiriez si intimes que vos tympans
bourdonneraient d'échos clabaudeurs narcisse
miroir péchant d'orgueil. Vous contorsionneriez
votre flanc minaudant vos chairs callipyges.
Édredon et dentelles en fredonneraient l'écume.
Et puis. Il s'allongerait. Enfin. Soulagée vous
vous équarririez. Invitation veule cavatine. Il
orchestrerait savamment titillant le glabre épiderme. Maestria à l'orée toison. Des thrènes

sourds sur la percaline. Tintinnabuleraient cres-
cendo des cantilènes sur votre échine. Il gémi-
rait à son tour. Voilà si sec et rauque l'adipeux
halètement. Un gémissement thessalonique. Si
mal armé pour son salut. Au calice amorcerait
la fringale d'érosion. Les os percuteraient sans
outrance. Nul déchirement ni cri d'étoffe. Entre-
mêlement grinçouillant de vos cages thora-
ciques. Il enfouirait sa tête dans l'angle reposant
de votre clavicule et de vos cervicales. Rassuré du
doucereux tohu-bohu. Épicentre bercé par son
propre séisme. Sa jouissance grésillerait avant
que la vôtre ne s'exporte vocalises. Il s'arrache-
rait si prestement. Se rhabillerait comme on
s'excuse. Auprès de soi des siens des autres. Où
seriez-vous. À cet instant. Au pays des girouettes
vos ongles rongés au sang. Vous sentiriez comme
un pincement. Égratignure aux ventricules. Mais
bien sûr vous ne diriez rien. Juste éboulée au
bord du lit. Céphalalgie inopportune qui tam-
bourinerait poliment. Lui debout tellement loin.
De l'autre côté. Vous lui demanderiez : pourquoi.
Il vous dirait qu'il ne sait pas. Qu'il ne saurait et
ne saura jamais. Qui seriez-vous. À cet instant.
Les larmes amères de Pétronille évaporées au
brûlot des sanglots. La honte mélasse même sans
serrure. Cortisone tisane myosotis gonflée des
sels putrides de l'abandon. Rien ni personne
pour en retenir la coulée — bleue, s'il vous plaît.
Il ne comprendrait pas. Et quitterait la pièce.

Maintenant. Vous seriez seule. Il ferait si froid dans la pièce et pourtant vous l'auriez cherché. Partout vous vous heurteriez à cet imparfait conditionnel. Parce que vous n'existeriez plus. Et quel que soit le temps. Ça ne sert à rien de nier. Au règne des assassins les reines sont orphelines. Vous vous observeriez nue devant la psyché. Tomberait sur vos épaules l'airain de la Régence.

En bas, dans la cuisine, il boirait un vieux vin. Et commencerait pour lui l'envahissement des mouches. À chacun son seigneur et que la fête commence. Les Érinyes faisant le guet, *je pourrais enfin m'endormir.*

★

C'est en mon nom que je prends la parole. C'est toi qui parles c'est toujours toi qui parles. Au nom de qui répondra-t-on. Femme publique femme de personne. Au nom de quoi ajoutera-t-on. Pharmakos usé République. Archétype cramé bête de somme. Bien sûr c'est moi qui parle. C'est toujours moi qui parle. Puisque personne n'entend.

Chacune à son parcours. Chacune à sa douleur. Chacune à son secret. Et ses placards remplis de cadavres de robes Kenzo de porte-jarretelles et d'innommable. Et à toutes on usurpe jusqu'aux grains de beauté.

186

Je ne suis pas *la* voix. Car elles sont trop nombreuses. J'aurai un cancer du larynx. Et la chimio
est peu seyante. Juste un caillot de sang. Un tout
petit caillot. Sec. Et compact. Échu comme
par erreur ou rancœur pourquoi pas. Du plus
profond de l'utérus. *À cheval sur une tombe*
elles accouchent, voyez-vous. Parfois c'est surprenant. Un tout petit caillot je disais. Un tout
petit. Dérèglement hormonal mycosé. Affole-
ment menstruel chaude-pisse et cétacé. Car des
entrailles de la baleine le nez de Pinocchio ne
cesse de s'allonger.

Alors moi je le prends. Le tout petit petit
caillot de sang. Je ne cherche pas à le soupeser.
Même pas. Parce que je sais que son poids est
trop grand. Et puis tellement variable. Un poids
cyclothymique. Qu'il ne peut pas se calculer.

Alors moi je le lance. Tout droit tout net. Le
petit caillot. Sans ricocher la trajectoire. Je le
lance. Au centre du vitrail des icônes mori-
bondes où Sainte Rita fatigue depuis bien trop
longtemps.

Je m'appelle donc Chloé et j'avais vingt-cinq
ans. Je suis entrée au Putanat comme d'autres
dans les Ordres. Cloîtrée aux chants nocturnes
j'y mortifiais ma chair. Adorables orties suici-
daires petit feu. Laissez venir à moi les saillies
funéraires et les petits enfants. J'avais tout à y

perdre et rien à y gagner. Ce jeu est à la mode depuis la mort de Dieu. Et sûrement même avant. Canaliser sa haine. Apprendre à s'écarter jusqu'au vide surrénal. Tous les trois jours ressusciter. S'empailler en geisha sur l'autel argenté. Incanter Lorelei aux messes échevelées. Aimable aux fils de l'Homme feindre de se crucifier. *Maman* était un mot rouillé. Oxydé par les larmes. Ankylosé à force de n'être plus tourné. La clé dans la serrure et la langue dans la bouche. Paraît qu'il faut sept fois. Multiplier les vies du chat. Alors c'est moi qui parle c'est toujours moi qui parle. Chuchoter les secrets qui foutriquent et s'inquiètent. Car voyez-vous et c'est un fait :

On naît pute,
On ne le devient pas.

Ainsi c'est par essence que nous sommes intouchables — VIVANTE, JE SUIS VIVANTE. Aucun Grand Capital ne peut nous pervertir — VIVANTE, JE SUIS MONNAIE VIVANTE. Nous n'avons aucun risque de nous y égarer. Nous restons au bitume. Les pieds dans le goudron, déplumant les passants. Laissons le simulacre aux putains *respectables*. Travail Famille Patrie Salaire État Civil.

Seule la catin *socialisée* est la misère des courtisanes. Or c'est elle la plus répandue. Bourgeoise entretenue au terme contractuel d'un mariage de *raison*. Poule pondeuse aliénée au foyer. Femme vaillamment harnachée à son poste d'employée. Bimbo rose immolée au phallogocentrisme. Intellectuelles facétieusement écartelées au supplice de la roue, s'imaginant ainsi aristocratiquement livrées au Spectacle. Toutes *échangent leur corps contre une rétribution.* Qu'elle soit factuelle ou symbolique. Mais, outre le fait qu'elles se prostituent en le niant, ou, plus grave, sans en avoir conscience, elles participent de leur plein gré à la débilisante domination masculine et capitaliste. Elles nourrissent les clichés de cette hégémonie, et pire, s'activent à la conservation de l'espèce et du Système.

Les tapineuses ont un mérite : celui d'être stériles, au sens où la semence qu'elles récoltent quotidiennement est autant d'avortements salvateurs, de dilapidation de cette énergie glorieusement procréatrice, de désorganisation ponctuelle des valeurs érigées. Face au condom gorgé, l'homme réalise soudain combien coûte son plaisir. Qu'une éjaculation vaut X heures ou jours de travail, un demi-loyer, l'inscription annuelle au judo de l'aîné, ou deux semaines de courses. Lui qui toujours, d'autant qu'il se situe le plus souvent dans les hautes sphères du système, vouant un culte sans borne à l'argent, prend conscience que son petit polard l'a poussé à trahir ses propres valeurs. Lui qui croyait détenir un pouvoir par son portefeuille, réalise âprement qu'il ne peut être qu'un dindon qui farcit. Et à son regard de se voiler de culpabilité. Pour se heurter ensuite à une permanente résistance. Car le lupanar est le dernier bastion où le pouvoir, tel qu'il sévit dans la Société Traditionnelle, n'a pas de prise. Les putains *respectables* ont souscrit à un contrat faustien et permanent. Leur corps est davantage *vendu* que *loué*. Et dans cette concession à perpétuité, l'abandon de leur âme est inclus dans la clause principale. À chaque contact avec l'une d'entre nous, l'homme se heurte à un paradoxe qui l'ébranle dans ses convictions : la pute échange son corps et son temps, mais ne se laisse pas pourrir de l'intérieur, elle qui entretient pourtant avec les données capitalistes les rapports les plus directs, elle qui y est plus exposée que quiconque. Isolées, rejetées par la morale, reniées par l'état civil, les prostituées ont au moins compris quelque chose : leur douleur n'est basée que sur une usure corporelle, et certainement pas sur leur bannissement d'une société qu'elles méprisent et QUI N'EXISTE PAS. Il ne peut être question d'infiltration d'une illusion aussi flagrante dans leur soma. Le PDG accoudé au comptoir peut toujours s'évertuer à harceler l'hôtesse qui lui fait face, elle se pliera au jeu, attendant patiemment que vienne le Game Over.

★

Ma voisine de palier est veuve et s'appelle Margaret. Cette nuit, sa bûche lui a dit que *très bientôt il serait temps.* J'ai mangé de la tarte aux poires et dansé derrière le rideau. Le nain a disparu hier, il n'avait plus de chewing-gum. Et même si les hiboux ne sont pas ce que l'on croit, c'est pas moi qui ai tué Laura Palmer. La preuve, c'est qu'ici on est déjà au complet.

★

Tous les soirs, le taxi me dépose à deux rues de chez vous. À la porte rouge, quand je sonne, Mireille claironne bonsoir Daphné. C'est tout ce que j'ai trouvé. Daphné. C'est un peu court jeune homme et pas trop connoté. Ils y mettent ce qu'ils veulent. Daphné mon joli sac de bure. Daphné ma belle boîte fer doré. Qui connaît parfaitement les anciennes romances et reconnaît le Temple sans jamais rien pleurer.

Je traverse le bar. M'enferme pour me changer. Robe noire et bas couture. Arts-Déco et simplicité. Puis assise sur le canapé attends la splendeur balzacienne. Je pense à toi. Souvent. Aussi. Pas tous les jours parce que c'est déjà fait. Non plus. Suffisamment dirais-je pour satisfaire l'hypocondrie. C'est déjà ça. Les hommes qui passent je ne peux en parler à personne. D'autant que ma mère m'a laissée orpheline. C'est vrai qu'elle n'a pas fait exprès. Je ne peux pas lui en vouloir.

Parfois l'hôtel est à vingt mètres. Parfois ils me sortent chez eux. Il arrive qu'ils logent à deux pas de chez vous. En face. Ou à côté. Quand je me suis présentée là-bas j'ignorais votre adresse. Ça fait plutôt du mal de vous apprendre si près. Si près et si vivante. Tellement que trop. En outre. Évidemment vous n'êtes même pas morte pour de vrai. Avouez que je vous ai bien eue. À moins que ce ne soit moi. En fait. Évidemment. Ça m'aurait sûrement rendu la vie si facile et si douce. Et ça c'est pas possible. Pas la peine d'y penser. Même pas la peine. Même pas.

La peine que ça me fait d'être si près de vous ça ne peut pas se calculer. Je fais mes courses pour dîner dans votre supérette. Achète mon pain dans votre boulangerie. Mes bas quand ils filent en chemin, dans votre mercerie. Mes préservatifs chez votre pharmacien. Baise avec votre entrepreneur. Suce votre propriétaire. Et pleure sur votre ancien amant. On m'emmène dans les restaurants que vous fréquentez. Je dépense mon argent chez le libraire de l'angle, qui se targue de vous avoir pour cliente. Car depuis cette saison en enfer vous êtes quelqu'un, voyez-vous. Une égérie de la féminitude. Je l'avais calculé mais j'ai rien pu y faire.

Un soir, vers dix-neuf heures nous nous sommes croisées. Comme j'étais en avance je marchais lentement. Vous ne me connaissez pas puisque vous ne m'avez jamais vue. Vous ne me connaissez pas puisque je ne vous ai écrit que des mensonges. De la pose pour les prudes un jour d'ennui et de soleil. Vous paraissiez si vieille. J'ai cru m'être trompée.

Je vous ai suivie pour savoir. Savoir ce qu'elles décideraient. Au-dedans. Depuis que j'ai appris que vous êtes là j'ai mon couteau de cuisine au fond du sac à main. EST-CE QUE JE VAIS LA CREVER LA ROULURE. La crever. Je me DEMANDAIS. Vous étiez seule. Vous aviez l'air de tellement rien. Vous étiez laide au réverbère. J'ai traversé la rue. J'avais envie de vous hurler je SUIS *la petite prostituée brune* et je vais te buter. Vous êtes rentrée chez vous c'est tout. Je suis allée au bar. Un quinquagénaire bedonnant m'a louée pour la soirée. De sa fenêtre, je voyais votre salon éclairé et une femme assoupie. Je me suis fait violer. La joue écrasée sur la vitre. Avec mon consentement. Puisque ça va de soi. Paris est tout petit pour celles qui haïssent et la fatigue me gagne.

Qu'on ne me parle pas de hasard. Ni de witz turgescent. D'obsessions névrotiques. De la pauvrette faut qu'elle consulte. Les trémolos suintant le Grand Guignol, on me les pose toujours jusque dans le décor. Et ça remonte aux calendes grecques. Je ne trouve pas le *on* pour lui casser la gueule. Et pourtant c'est pas l'envie qui m'en manque.

Chaque soir que Dieu commet je vous sais tranquillement chez vous. Guillerette dans ce quartier bourgeois. Délivrée tellement libre des contingences matérielles et vénériennes qui m'encrassent la gorge et me tarissent la vie. Primesautière dégagée des obligations tripotières. Pouvant pleinement vous consacrer à votre grandiloquent nombrilisme. Donnant court jusqu'au vertige à vos fables lancinantes de douleur surgelée, de réflexions sous vide. De prose prête à l'emploi.

Lorsque au bar dans l'alcôve l'homme s'acharne, que sa queue me déboîte la mâchoire me garrotte la muqueuse, je songe à vous souvent. À vos larmes crocodile *Aligator 427 aux griffes d'or et de diamant* À vos discours empâtés sous l'œil compromis des convives gavés de poulet au citron *Je sais que la ciguë est prête* À vos errances simplettes samplées sur la moleskine des cafés *Je vous attends* Et puis l'homme me retourne s'agrippe à mes hanches trop saillantes sue à grosses gouttes dans un sale râle emplissant le plastique de son jus rance *Moi je vous dis bravo et vive la mort.*

Mais c'est vous qu'on écoute. C'est toujours vous qu'on écoute. Pourtant c'est moi qui parle.

C'est toujours moi qui parle. Et toujours moi qui meurs. Surtout. C'est toujours moi qui meurs pendant que mon corps. Peut-être aussi parce que. Parce que mon corps vit. La chair vit — *Il faut bien que le corps exulte.* Alors, bêtement. Ou encore. Je lui ai fait confiance. Beaucoup trop. J'ai pensé : j'ai un corps qui se meut et fonctionne. Une machine bien huilée. Plus du tout en rodage. Aucune raison qu'il se dédise. Et pourtant l'organisme se refuse un matin. Alors commence la guerre.

Ça a pris au mien un jeudi. C'était plus que l'hiver. Il a commencé sournoisement. En premier lieu il s'est fait lourd. Comme les enfants qui capricent tétaniques ne voulant pas partir se contractant les muscles dans les bras de leur mère. Chaque mouvement devenait un supplice.

Ensuite il a fait grève. Arrivait de plus en plus en retard. M'enduisait de coton pour parfaire au coma. Les nuits duraient neuf heures. Puis dix. Puis douze. Et s'acharnait ainsi jusqu'à l'incalculable. Ma vie se limitait cancrelatement. Je dormais d'un sommeil dantesque. Et de septième cercle cauchemardais. J'ouvrais les yeux pour constater l'heure du départ. Et une fois préparée repartais pour le bar. Mon existence diurne s'avérait occultée par le plomb de Morphée. Mon temps n'était plus mien. Tout restait à Daphné. Mon corps me punissait pour les outrages que je lui laissais subir chaque soir. Je n'ai pas chassé ma catin pour autant. Alors, voyant que le chantage était inefficace, il changea de tactique.

Daphné n'était si rien au fond. Seule. Elle n'était qu'un alliage. Une morsure citronnée chantant aux lauriers blancs. Alors mon corps s'en prit aux outils de travail. Espérant donc ainsi ligoter ma sibylle. Il refusa tout net de collaborer. Il rejeta l'alcool. Et ensuite tout liquide passé dix-neuf heures trente. La moindre coupe ingurgitée, quel qu'en soit le contenu, était vomie à grand renfort de rots brûlants et de douleurs stomacales effroyables. Par dix fois je perdis des clients.

Le printemps s'en venait. Et avec lui de nouveaux assauts organiques. Une narcolepsie punitive. Je m'assoupissais à tous crins. Piquais du nez dans mon assiette. M'endormais au milieu d'une négociation. Et ronflottais en plein coït. Les hommes étaient furieux. La clientèle, encore, se réduisit implacablement.

Chloé n'existait plus. Peut-être qu'elle rêvait. Qu'elle était papillon. Est-ce que c'est la pute qui rêve qu'elle est un papillon ; ou le papillon qui rêve qu'il est une pute ? Des fleurs bleues pour Tchang-Tseu des orchidées pour Miss Blandish et pour mon âme l'effet Chaos. Daphné était si faible. Et elle devenait moi. Ou je n'étais plus qu'elle. Impossible cloisonnement. Écroulement du parpaing. Et sans les garde-fous on ne garde que les folles.

Je ne rendais pas les armes. Ne pouvais me résoudre à me soumettre ainsi aux ordres d'une enveloppe qui voulait le contrôle. C'EST MOI QUI DÉCIDE je pensais. Mais puisque moi n'était personne. Plus personne. Alors le corps perpétua la monstrueuse mutinerie. Les synapses sabotaient d'eux-mêmes la moindre transmission. Je renversais mon verre. Bavais en le buvant. Trébuchais. Rejouais Tardieu dès que j'ouvrais la bouche. On me croyait droguée. Comment leur expliquer. Moi qui étais nombreuse, je me retrouvais seule. Et la plus superficielle d'entre nous. Contre mon corps tout entier. Érigé résolu. Je ne pouvais rien arrêter. Il aurait pour cela fallu avec lui négocier. Trouver des compromis. Implorer des excuses. Forger des prévisions. Et se restructurer. Mais qu'est-ce qu'un somnambule pourrait bien calculer.

Le Syndicat des Viscères ne lâchait jamais prise. Dévastant méthodiquement chaque parcelle des locaux. L'œsophage se refusa à tout. Les abats suivirent en cadence. Et après l'embargo alimentaire vint l'ère des évanouissements. Je m'écroulais devant les hôtels. Vacillais à l'approche du comptoir.

J'étais comme dépecée. Les nerfs dentelant fleur d'épiderme. Chaque grain de ma peau titanesquait de sensibilité. Le moindre frôlement me violentait. M'irradiais en sanglot au premier attouchement. Aucun anxiolytique ne pouvait rien changer. Pour cela il aurait fallu pouvoir en *avaler*.

Quand juin se dessina, je charriais du sang noir. Dès le portique franchi, s'aversaient les caillots. Puis durant mon sommeil l'hémorragie gagna. Du lever au coucher je me vidais de moi. Il n'y avait pas de douleur. Je m'étais devenue trop étrangère pour cela. Probablement. Je tressaillais au miroir. Et observais de loin le vortex globulé. Quand on m'emmena à l'hôpital, le ruisseau égoutier cessa par enchantement. On me garda trois jours. J'y signai l'armistice.

★

Je déteste le train. Je déteste partir. Fin juin j'avais dix ans. Je prépare ma valise. Nous partons en vacances. Je ne reverrai plus ma chambre. Parce que papa a tué maman. Début mai j'étais femme. Voilà qu'à cause d'avril je remplis mes cartons. Nous partons en avance. Je ne verrai plus que l'absence. Parce que vous avez tué l'amour. Plus tard encore les traces de leurs mains sont sur moi. Maculée jusqu'au sexe empreintes digitales. J'habite un corps si tellement asséché. Je dis : voici l'ère des jachères. J'erre près du bar. Tourne trop à gauche. Votre fenêtre est allumée. On entend une chanson idiote. Comme c'est de mise dans ces cas-là. Je ne dis pas : extérieur nuit. Car c'est trop vide à l'intérieur et j'aime mieux les effets de style. La rue est calme. Puis vient la pluie. Comme c'est de mise dans ces cas-là. Les reins de mercure s'éclaboussent. Chienne d'infidèle prends garde à toi. C'est moi qui parle c'est toujours moi qui parle. Mais cette fois-ci c'est sûr C'EST BIEN MOI QU'IL ÉCOUTE. Il a tant su me perdre qu'il en est revenu. Votre amie s'en pique les doigts à la quenouille et joue au Scrabble avec Clotho. Allez donc prier Artémis, si votre vertu peut convaincre.

Hier soir nous étions donc plus tard. Tellement plus tard de tout ceci que très proche ça fait loin. Il n'y a plus ni vierges ni folles. L'Époux a relu l'Ecclésiaste et je mange des caramels mous. Il n'y a plus d'égarements en corolles. Juste trois ondées de sagesse séculaire. Douce et limpide. Et plus personne à la lanterne. Quelle qu'en soit sa couleur. Kaléidoscope carmélite. Assomption Rédemption langues de feu ou de pute quand bien même creux de vague bredouillement torride feulement sourd écumé Éternel Retour amertume dilatée roses sainte Anne poussières Luce Gudule à Cythère voyager amarrée quai des brumes qu'elles sont belles mes pupilles soudain revint la foi SOUDAIN REVINT LA FOI et le rire des vestales car grande est la Pythie.

Et puis au fond se dire. Tout au fond des cellules. Tout cela importe peu. En minaudant parée devant le miroir de Blanche-Neige d'une mauvaise foi qui me va bien au teint. La terminologie mignarde qui s'égrène le long des sillons sableux indicibles peut-être immémoriaux. Le lexique plantureux tâtonne. Cécité laconique. La glotte se meut vivace. Les ventricules s'affolent et la syntaxe s'ébroue.

Babillage verre pillé. Scansion torve infantile. Babylone fricassée échouée goémons baleine éclats éperdus de bitume. L'œuf du Phénix est à la coque. L'œuf du Phénix. L'œuf ou la poule. Les cendres au pot. Et n'en déplaise à Henri IV j'ai horreur des gallinacés.

Le calice glaise branlante argile verte se remplit encore. C'est dans les vieilles marmites comme après tout on dit qu'on fait les meilleures soupes. À la grimace. Au cresson bleu. Tout est inscrit sur le grimoire. Il suffisait de m'écouter. *Oui mais moi on m'écoute jamais.*

Vanitas Vanitas Vanitas À la Cène de ménage congédier les apôtres. Nous ne sommes que deux à table. Agonie Thanks Giving enfin disciplinée. *Seigneur, je ne suis pas digne de te recevoir mais dis seulement une parole et je serai guérie.* Le silence se perfuse. Puis lestement s'ébroutille dans le pailleux goutte à goutte. Achevé il se déchire. Bruissement glabre cathartique des papillotes or et argent que tu dénoues du bout des doigts. Les mots se découvrent. Berlingots rayés de pudeur acidulés sorbet remords. Calissons peureux et candi *Pardonne-nous nos offenses Comme nous pardonnons aussi À ceux qui nous ont offensés.* Le remords et la honte. Syllabes soudainement si seyantes entre tes lèvres qui te sautèrent à la gorge cet automne meute roussâtre de chiens fous quenottes entartrées acérées au milieu des feuilles mortes et des idylles queues de pelles rôdent farandole volutes blêmes pour s'écraser avec ton mégot consumé dans le centre du cendrier.

Je les respire trop goulûment. Aspérités déglutissantes savoureuses en Eucharistie. Attente morbide dans les branchies. Frétillements moites : et les REGRETS ? Les regrets les regrets, vous dis-je. Mais le zob qui s'assume ne peut rien regretter. Avoir honte de lui-même. Dans la tombe se terrer. Mais jamais *regretter.*

Mes veines taries hurlent vengeance. Lycanthropie lyophilisée. Le don du glaive et mort au traître. Funambule sabrée au Grand Siècle. Ariane veuvage et clitoris. Sadisme boueux martelant en gargouille. Gorgones médusées assoiffées sacrifice autel repentance à outrance orné couronnes ciboire baroque charogne suppliante et rampante. — Bois mes crachats, mon Hippolyte.

Je veux te voir joujou du pauvre. Porteur eczémateux des stigmates qui me furent infligés. Prédicateur œil du cyclone et dent pour dent. *Et ne nous soumets pas à la tentation mais délivre-nous du mal.* Les griffes s'acèrent. La main se lève. Réminiscences aigrelettes vomitives fillette tu as déjà tellement trépassé l'âge de raison bouillon maudit patauger râble et âme tragédie grecque et gros sabots. Hésite suspendue marionnette. Ainsi font font font depuis des mois que tu en crèves ne serait-ce pas l'heure du garrot picotements grêles ça on comprend mais ARRÊTE nous L'HÉMORRAGIE Vacille tremblement Parkinson. Plus de sermons rites bacchanales on te l'a assez répété il n'y a pas de pharmakos y a plus d'saisons pour les méchouis gâchis obsolète émois orgueil holocauste suranné scalpel ristourne vivisection LA HAINE EST UN ALCALOÏDE on ne joue plus à la marelle ni à Othello il est tard. Se referme arachnide maladivement sur la paume.

Allons congédier Damoclès et sa sinistre quincaillerie. Le saint-estèphe chambré tintinnabule double croche et gosiers *Prenez et buvez-en tous.* Je souris pour de vrai. Parfois j'avoue ma voix s'emporte en pinson de rancune. Caméléonant améthyste *Car ceci est mon sang.* Je souris pour de vrai. Parfois j'avoue ma peau se greffe de velours mycophile *Fruit de la vigne et du travail des hommes.*

Je ne sais pas. Pourtant. Combien il faut de temps. Pour décimer la hargne. Pour spolier la rancœur. Scotomiser la faute. Anéantir la haine. Remodeler un ego. Éradiquer la crainte. Octroyer le pardon. Pulvériser d'un coup prismatique de Baygon vert les Érinyes récalcitrantes — Car si je veux mon destin sera d'être un chasse-mouches c'est moi qui choisis après tout y en a marre des vocations contrariées.

— Vous reprendrez bien une cuillère
de cantharide dans votre thé ?

Je disais donc. Nous disions. Combien il faut de temps. Pour oublier. Est-ce que ça peut se calculer. Putain. Calculer. Ben quoi personne répond. À quoi ça tient une substantielle amnésie. Au fond. Ou en surface. Pour le pardon. Alors. Dites-moi. Quand est-ce que l'étau musqué cesse d'embaumer le pauvre cœur de ses bandelettes venimeuses dès qu'un prénom se fait entendre. Quand est-ce que la bile mousseuse sirupeuse fiel arsenic et vieux Lycra arrête son érosion grignotage sérum Attila mélasse de feu et terres brûlées oléum strychnine incandescente dès qu'un visage est entrevu. Est-ce que ça passe comme c'est venu. Flamme turgescente follette soudain l'été prochain ou sûrement quelque part débandant moribonde sous les salves sereines d'un souffle amouraché d'une fossette retrouvée

d'une madeleine trop cuite d'un regard épuré
d'un geste purifié stratyomes éreintées.

Faut-il ingurgiter philtre potion potiron élixir à
sang froid. Trois queues de lézard. Une tête cou-
pée. Deux pincées de sincérité. Quatre gouttes
de pus recueillies en lune rousse sur les genoux
gercés du pèlerin repenti — *Ce sont les eaux de
Mars, la promesse de vie.* Quand est-ce qu'on sait
que c'est fini. Quand la tachycardie déserte.
Quand s'évanouit l'ère du soupçon. Quand on se
dit la nuit *Que la montagne est belle* et au lit *Viens
Poupoule.* J'aimerais tellement savoir. C'est
important. Capital. De savoir. *Quand pourrons-
nous enfin marier nos saisons Quand pourrons-nous
enfin rentrer à la maison.* Sans été meurtrier. Sans
effriter les pierres. Sans mordre la rosée.

Elle a dit peut-être
Il a cru demain

Et devant les entrailles
Et les runes étalées
À Delphes souriait l'oracle
Et les Moires tricotaient.

★

Je suis revenue une semaine. Pour régler les derniers détails. Et vérifier surtout que de tous les hommes vus je n'ai rien oublié. Au métro Convention, Daphné est un peu triste. À la gare d'Austerlitz je lui rends ses bagages. On peut voyager sans, je ne serai pas la première. Et au creux de ma paume frétille le poisson rouge. Sur le quai qui s'éloigne je la vois disparaître. Elle n'a déjà plus d'âge. Je lui susurre bonne chance. Mes poumons se dégorgent. L'air s'orange aux veinures. J'apprends à respirer. Mes poumons se désertent. La petite fille s'essouffle et bientôt s'évanouit. La maladie se meurt et sanglotent les chevaux. On m'appellera Madame ; plus jamais Marguerite. Les fleurs blanches sont trop fades et je perds les prénoms.

Lascive à la banquette, enfin je m'éparpille. Quand les jours s'embellissent, je rejoue la partie. Et dans les paramètres s'irise la réduction. Les paupières closes je pense à toi. Mes rêves sentent la bruyère. Nous courrons au ruisseau. Tu m'appelais Madeleine, c'est pour ça que je ne venais pas. Le nain au rideau rouge est revenu danser. Les papillons dorés s'enivrent de fenouil, aux rizières les mouches bleues sans un bruit s'évaporent, et les Parques me promettent de nous laisser filer.

Quand je rouvre les yeux, tout est trop familier pour feindre l'onirisme. J'attends l'écho mais rien n'y fait. À l'arrêt précédent, elles sont toutes descendues.

Le chauffeur de taxi a de grosses moustaches noires et l'accent germanique. Il m'observe par à-coups dans le rétroviseur. Dans la monnaie rendue, il m'a glissé un mot, annoté à la hâte au dernier carrefour :

La vengeance — le besoin d'une rétribution n'est pas le sentiment qu'une injustice a été commise, mais l'impression d'avoir été vaincu *— et d'avoir à restaurer sa situation à tout prix.*

Sur le pas de la porte tu me prends dans tes bras. Alors je pense à vous. À votre amie aussi. Au mal que vous faisiez que j'ai cru invincible. Au salon sur la table basse vos lettres échouées suintent d'impuissance et calligraphient de dépit.

Il suffisait donc d'être patiente.
Voyez, je n'ai pas lu Bataille, mais j'ai gagné la guerre.

À votre tour, avouez que ça,
ça ne pouvait pas se calculer.

DU MÊME AUTEUR

Chez farrago

LES MOUFLETTES D'ATROPOS, 2000 (Folio n° 3915)

Chez farrago-Éditions Léo Scheer

LE CRI DU SABLIER, 2001, prix Décembre (Folio n° 3914)
LA VANITÉ DES SOMNAMBULES, 2003

Éditions Léo Scheer

CORPUS SIMSI, à paraître en novembre 2003

COLLECTION FOLIO

Composition CMB Graphic
Impression Novoprint
à Barcelone, le 12 mars 2009
Dépôt légal : mars 2009
1er dépôt légal dans la collection : septembre 2003

ISBN 978-2-07-042617-1./Imprimé en Espagne.

168968